RIGO, EL INTRÉPIDO

Más cuentos y poemas *Flores entre las sombras*

Abilio Quillas Quispe

EDIQUID

RIGO, EL INTRÉPIDO
Más cuentos y poemas *Flores entre las sombras*

Editado por: Corporación Ígneo, S.A.C.
para su sello editorial Ediquid
José Olaya 169, Ofic. 504, Miraflores. Lima, Perú
Primera edición, julio, 2024

ISBN: 978-612-5142-95-5
Tiraje: 50 ejemplares

Hecho el Depósito Legal en la Biblioteca Nacional del Perú N° 2024-05216
Se terminó de imprimir en julio de 2024 en:
ALEPH IMPRESIONES SRL
Jr. Risso Nro. 580 Lince, Lima

www.grupoigneo.com
Correo electrónico: contacto@grupoigneo.com | Teléfono: +51 955 071 270
Facebook: Grupo Ígneo | X: @editorialigneo | Instagram: @grupoigneo

Colección: Integrales

Contenido

Dedicatoria

Dedico esta obra, primero, a mis amados padres, Arístides y Lucila, por ser fuente de inspiración en mi vida.

A mi amada esposa, Justa, que en sus tiempos de vida me regaló sus tiernos cariños y su guía en el hogar.

A mis queridos hijos, Luis y Martha Lucía, así como a mi nuera, Naomi, quienes han sido impulsores de este trabajo.

A todas mis amistades y familiares, por su apoyo incondicional en las buenas y en las adversidades.

Gracias de corazón a todos.

Agradecimiento

Agradezco a Jehová, Dios, por todas sus bendiciones y por ayudarme en la realización de esta obra. Agradezco a mi hija Martha Lucía por ser la fuente de este cambio en mi vida, por su perdón y por haberme invitado al entrenamiento de vida y su frase «participación total». Eres una valiente guerrera, mi princesa. Agradezco a todas mis promociones del colegio «Túpac Amaru» de VMT, al Liceo Naval «Clavero», 81-A del CITEN, y a todas mis amistades navales que son parte importante en mi vida, por su apoyo incondicional para lograr las metas trazadas. Agradezco a mi sociedad S74, a todas las sociedades de Ingenia por ponernos retos en nuestras vidas, en especial a mi pequeño grupo familiar «Grupo cinco con sabor a Ingenia», a Oly, Mapi, Jéssica, Diana, Chio, Giancarlo, Samu, Rubén, Yeico, Ángel, Daniel, y José por todas sus buenas vibras y aliento en todo momento hasta culminar esta obra. A Charito Quispe, por su extraordinario aporte en tiempos difíciles, compañero de travesía y navegación a través del Canal Inglés, pasando por el Golfo de Vizcaya, donde demostramos el temple y coraje hecho en Perú siguiendo la estela de Grau. Finalmente, quiero agradecer a todas las personas que me apoyaron con su participación incondicional en el desarrollo de esta obra de manera indirecta.

A todos ustedes, mis agradecimientos de corazón.

Presentación

Abilio Quillas Quispe (Carmen Salcedo, Ayacucho, 25 de febrero de 1961). Mis estudios los realicé en el Colegio 6022, donde cursé mi Primaria. Luego, continué mis estudios secundarios en el Colegio Túpac Amaru (VMT) y el Liceo Naval Teniente Clavero de Ventanilla. Posteriormente, cumplí con el Servicio Militar obligatorio en la Marina. Ingresé al CITEN y egresé con el grado de OM3 en marzo de 1984. Puse todo mi amor y dedicación en la institución que me forjó con el temple de Grau. Por mi esfuerzo profesional dentro de la Marina de Guerra del Perú, he recibido cursos y asistido al CETRUM (PUCP) en el año 2005. He alcanzado el grado de T2 y tengo dos valiosos hijos.

En el penal, asistiendo a la biblioteca, tuve la oportunidad de conocer personalmente al escritor nacional Daniel Alarcón en un conversatorio, así como al escritor Santiago Roncagliolo. Fue de esta experiencia que nació el pequeño cuento de «Rigo, el Intrépido», mi mascota favorita.

Prólogo

Los cuatro cuentos y la decena de poemas que componen este libro son el fruto de un lanzamiento muy esperado, idea que había concebido desde mis tiempos de estudiante. Participé en un concurso de poesía, obteniendo el segundo lugar, pero fue en la soledad de un tiempo posterior cuando mi visión se clarificó con la llegada de los escritores Daniel Alarcón y Santiago Roncagliolo, quienes impartieron clases magistrales.

Su vasta experiencia en la escritura nos animó a escribir, ya que es la forma adecuada de entrenarnos en el campo de la literatura. De allí nace mi primer cuento, dedicado a mi mascota llamada «Rigo», un gorrión muy simpático y guerrero que, a pesar de no tener dedos en su pata izquierda, desafiaba a cualquier ave que quisiera entrar en su territorio. Ambos ganamos una amistad mutua y su compañía fue muy peculiar.

El siguiente cuento, «Piquito lindo», trata de un ave guanera que conocí durante travesías en el mar de Grau, cerca de la Isla de Lobos de Afuera. El tercer cuento, «Paseo por las campiñas de Lurín», relata una escapada de 1974 con compañeros de clase a Lurín, con algunos eventos desafortunados. El cuarto cuento, «Club Juventud Unida», es un homenaje a un gran deportista y vecino muy querido de la zona de Arenal Alto de Villa María del Triunfo, Emiliano Espichan, nieto de Lolo Fernández, mi primer entrenador.

Finalmente, el libro incluye cerca de una docena de poemas inspirados en momentos de soledad.

Primer cuento

Rigo, el intrépido

Las tardes del crudo invierno limeño en el penal son entre grises y soleadas. Siento que con la presencia de mi familia la vida aquí es más acogedora. Es ahí donde vivo momentos de inmensa felicidad, y más aún con la visita de tiernas avecillas que, inquietas y con sus melodiosos trinos, sobrevuelan a nuestro alrededor. Esto sorprende, pues ellas son libres en un lugar donde la libertad del ser humano está limitada.

Estos trinos traen a mi memoria la jungla de animales en casa. Mi hermana menor, muy sensible con los animales, cuida con esmero las mascotas junto a mis padres. En una gran jaula, tenemos varios pericos australianos que cantan y comen todo el día. También tenemos un loro de cabeza roja al que cariñosamente llamamos «Aurito», quien lleva más de quince años conviviendo con la familia y, a este paso, nos enterrará a todos y será nuestro heredero. ¡Y no es broma! Él está más fresco que un pichón y es el más engreído por sus cualidades que a lo lejos se notan: muy amiguero y coquetón. Comparte los aires del segundo piso con su amigo, un lorito de plumaje completamente verde que lleva por nombre «Pihuichón». Este último aterrizó hace siete años por comida y ya es otro inquilino más en casa.

Cómo no mencionar a la linda pastora «Morena», quien nos dejó hace poco luego de trece años de muchas aventuras, y a los dos *scotch terrier* «Cafú» y el revoltoso «Tostao» (hijo de Cafú). Ellos visten la casa familiar de alegría y mucha vida.

En mi estadía forzada, y debido a mi cercanía con las aves, como ya les expliqué antes, mi atención siempre se dirige hacia el trinar de unos pajaritos que me recuerdan a los míos. En una de sus tantas visitas, mi hermana menor se percató de una parvada de gorrioncitos pequeñuelos, y debido a su costumbre de ayudar a los más necesitados, no escatimó en brindarles alimento. Sacó de una bolsa regordeta un pan, lo partió en pedacitos y los colocó en el pequeño pretil de 5 cm de altura del alero. Este pretil forma parte de un pasadizo en el tercer piso que también cuenta con barandas de tubo de tres hileras, las cuales nos sirven para tender la ropa, uniéndolas con las estructuras del ventanal sin lunas. Este será entonces el lugar de mis nuevas aventuras y mi proximidad a un nuevo amigo.

Volviendo a mi hermana y a sus pedacitos de pan, observo que los gorrioncitos, sin dejar pasar el tiempo, se posaron junto al apetitoso banquete para ingerirlo y, por qué no, digerirlo vorazmente, llenando sus buches tristes y vacíos.

Contemplé el rostro de mi madre y el de mi hermana menor; ambas se regocijaban de alegría por la escena de este momento hermoso y crucial, un momento que cambiaría la visión de mi vida de aquí en adelante. Fue allí mismo, en ese preciso instante, que me percaté de que dentro del grupo de gorrioncitos que se alimentaban, había uno al que le faltaba una de sus dedos, y aun así se sostenía con una facilidad única. Los rostros de mis familiares giraron 180 grados, reflejando su tristeza y nostalgia por aquella pequeña avecilla con limitaciones en su cuerpo. Pero vaya, este pequeñín no se amilanaba y de igual forma compartía sus alimentos con sus respectivos amiguitos.

Fui observando aún más y vi que todos tenían casi el mismo cuerpecillo. Sentí entonces en mi corazón afligido un sentimiento de pena y de reflexión... ¡Que para Dios todos somos iguales! Pues a pesar de no contar con toda la integridad física de nuestro cuerpo, podemos actuar sin temor ni complejo y cumplir nuestros objetivos, visiones futuras y demás, puesto que nuestra alma y nuestra mente no se limitan.

Siendo casi las 4 de la tarde al retirarse mi visita, este nuevo hogar queda vacío y nuevamente me quedo sin el calor de mis seres queridos. Sin embargo, el trinar y el canto del gorrioncito sin patita alivian mis penas y curan mis heridas.

El trinar del gorrión cambió de melodía en una de mis mañanas, y de manera casi automática, tal vez robótica, procedí a tomar un panecillo y partirlo en pedacitos, claro está, en una cantidad proporcional a su menudo cuerpecillo. Lo dejé en el lugar de siempre, y para mi sorpresa, era aquel gorrioncito con limitaciones a quien ahora aprecio con más detenimiento, y procede con mucho entusiasmo a devorar los pedacitos de pan.

Otra cosa de la que me percato en esta mi posición de veedor y proveedor es que ellos siempre toman su precaución y alerta máxima ante cualquier movimiento extraño en presencia de las personas a su alrededor. Así puedo ver el valor de perseverancia de esa avecilla en su diario vivir, enfrentándose a todo. Ahora entiendo cómo Jehová siempre está con los más humildes y afligidos, porque nos ama tanto. A mi pequeño amigo sin patita le dio el valor de la fortaleza ante una situación adversa, viendo sus necesidades para sobrevivir sin importarle su deficiencia física. Esto me hace recordar el caso de un ser humano de nuestros tiempos actuales llamado Tony Meléndez,[1] un triunfador a pesar de sus limitaciones físicas. Ambos me permiten reflexionar y decir que debemos esforzarnos al máximo con los medios que poseemos, porque en nuestra fortaleza se encuentra el deseo de vencer cualquier obstáculo.

Por la mañana, escucho la algarabía y el alborozo triunfador de los pajarillos. El trinar matinal de mi amiguito y sus secuaces pone mi mente a meditar, siempre logrando casi a la perfección ver las diferencias en el armonioso y dulce lenguaje de los trinos. Puedo entonces constatar el diálogo locuaz que existe entre los progenitores y sus crías: cuando tienen hambre, cuando hay problemas. ¡Qué bárbaro, cómo hablan!

---

1 José Antonio Meléndez Rodríguez (Rivas, 9 de enero de 1962), más conocido como Tony Meléndez, es un guitarrista y cantante nicaragüense, célebre por su habilidad al tocar la guitarra con los pies, pues nació sin brazos a causa de la ingestión del medicamento talidomida por su madre durante el embarazo.

Recuerdo en cada una de mis noches de soledad —que aquí se hacen eternas— su vuelo fugaz, sus melodías y canto que forman un concierto sinfónico con partitura inédita. Ellos alegran a este corazón solitario, aliviando instantáneamente mi melancolía y arrojando mis sufrimientos a las profundidades del océano: mi océano emocional.

Este valor de comunicación y mi relación con mi amigo emplumado son una herramienta valiosa. Este valor me lleva a proyectarme y no dudo que mantendría unido con amor, armonía y paz a nuestra sociedad, que vive tan vertiginosamente envuelta en su halo de bondad con mezcla de maldad. Los mensajes que estas avecillas envían están llenos de todo lo bueno....

Hoy, que han pasado semanas desde mi encierro y, claro, desde mi primer encuentro con mi amigo alado, me sorprende ver a mi gorrión sin patita, pues ya se muestra más «lechuguita» —por no decir confianzudo— y, dada nuestra estrecha amistad, ya se posa en las barandas del Centro, frente a mi celda, sobre su única patita y comienza a trinar. Yo le entiendo tácitamente; es la hora de darle su alimento, y como sé que le gustan los panecillos, tengo en mi pequeño almacén guardado y bien dispuesto panes para el momento en que él me haga su pedido. Procedo a hacer lo de costumbre, partir pequeños pedacitos y dejarlos en el lugar de siempre. Nuestra comunicación es sencilla y fluida; él solo tiene que trinar, y yo voy a entregarle en *delivery* su rico manjar.

Vaya, cada día mejoramos en nuestra comunicación. Antes, a veces le daba trocitos duros que le costaba trabajo ingerir, pero ahora he corregido esas deficiencias. Como proveedor, debo estar a la altura de mi cliente y amigo con plumas.

Cuánto me alegra su compañía y, a la vez, verlo comer como siempre, poniendo en funcionamiento sus precauciones o medidas de seguridad, mirando a todos lados para evitar cualquier peligro, ya que por aquí también hay avecillas «achoradas» y muy de barrio.

Los días pasan, las semanas y los meses, y ya no cuento las horas porque se me hacen eternas. Así que evado estos y me salto a los días completos. He pensado mucho en darle un nombre hermoso a mi amigo, el gorrión sin patita, pero no me decido si debe ser algo gracioso o algo que reconozca su fortaleza, o tal vez no sé qué. Él sabe y es consciente —creo yo— de mis pasos y movimientos diarios. Por ejemplo, sabe en qué momento me encuentro en mi habitación; la señal es la puerta abierta, y allí solo tiene que soltar su canto y el servicio de «entrega rápida» se pone en acción. Muchas veces, este, mi pata, viene con invitados, pero como era de esperarse, toma el liderazgo realizando una buena gestión en su pedido, lo cual yo recibo con mucha diligencia y dedicación. Así es con qué facilidad nos comunicamos este gorrión y yo.

Los dos nos necesitamos, cada cual con sus limitaciones. Los amigos verdaderos son como la tierra y el árbol: si faltara uno de ellos, la vida terminaría cuanto antes.

Hoy, ¡al fin!, ya tengo un nombre para mi amigo gorrión. Ya no tengo que buscar más entre nombres tan difíciles. Le pongo un nombre y le llamo Rigo. Espero que se sienta feliz con su nombre. Cada día que pasa, realiza sus ocurrencias como el día de hoy: le atendí como de costumbre en su alimentación, pero qué sorpresa me causó Rigo con su actitud. Vino con otro gorrión, pero él defendió su territorio que estaba abastecido de alimentos. Y me parece que este «individuo alado» no fue invitado al banquete. Mi amigo Rigo puso toda su garra, coraje y pundonor a pesar de que solo tenía una patita buena. Vi su destreza y habilidad realizada en este combate de peso pluma, y como no le quedaba otra, el inoportuno intruso tuvo que irse sin pena ni gloria. Después de la victoria, Rigo siguió picoteando y comiendo sus delicias mientras yo aplaudía a rabiar.

Un día, cuando hizo falta pan en mi almacén y Rigo insistía en sus panecillos, como estuve almorzando, le obsequié de mi plato una porción chiquita de arroz. Desde entonces, según mi lógica, a partir de hoy la comida de Rigo será balanceada. ¡Mírenlo! Cómo ingiere cada grano de arroz. ¡Qué apetito voraz tiene mi amigazo!

Pasa otro tiempo, y en la hora de almuerzo comparto arroz después de varias semanas con Rigo. Observo que él actúa de manera diferente; lo veo más inteligente, y claro, entiendo la razón: ¡se encuentra en la base de su alimentación! Si nuestros amigos japoneses tienen como base de su nutrición al arroz, con lo cual han crecido en su economía además de ser poseedores de una habilidad intelectual tremenda, entonces: Si comemos arroz, nos volvemos más inteligentes. Vaya, bendito sea el arroz, ¿verdad, Rigo? ¡Qué solución eficaz para combatir el hambre y mejorar la inteligencia!

Es una tarde hermosa, bañada por los cálidos rayos del sol, y Rigo esta tarde me hizo una muestra de sus dotes de acróbata, como para sacarme el sombrero. ¡Imagínense! Caminar en el cordel del tendedero de ropa, balanceándose con un equilibrio incomparable, sosteniéndose con una patita o garrita. Solamente pude exclamar: «¡Buena, Rigo!». Le di un aplauso ovacionándolo y, como premio por su número artístico, le di alpiste comprado en tiendas Metro. Todo alimento que sea de calidad para mi buen amigo.

Hoy es una mañana apacible, pero con mucha afluencia de tránsito en mi pasadizo. La comida la puse en el lugar de siempre, pero la mayor parte fue a parar al piso inferior. ¿Qué sucedió? Pues, con cada aterrizada, Rigo al batir sus alas fuertemente esparció su comida por todos lados. Busco la solución a ese pequeño problemita. ¡Muy bien! Ya tengo una solución: desde entonces, cuando hay alto tránsito de personas por el pasadizo, lo que hago es darle trozos un poco más grandes. Rigo apenas avista a una persona extraña, toma el trozo con el pico y lo transporta a la ventana del frente. Allí, con la tranquilidad y la parsimonia del caso, termina de comer.

Ahora las travesuras y las confabulaciones entre Rigo y quien escribe se suceden más veces que de costumbre. Cuando hay mayor tránsito, él coge un trozo de pan con su pico y lo transporta al frente, donde termina su ración. Pero lo curioso de hoy, viernes del mes de julio, es que a su vuelta vino con más gorriones. Ellos hicieron una demostración de transporte de alimentos en sus picos. ¿Cómo? Los trozos de pan eran ya mayores que siempre. ¡Miren a cada gorrión! Aterrizaban y cogían su ración con una sincronización única. Fue una maniobra extraordinaria. Comenzaron a llevar sus porciones al ventanal. Era espectacular ese momento. Ante esto, faltó poner un letrero que diga «peligro: campo de maniobra de abastecimiento de comida de gorriones».

En lo que va del tiempo, estas maniobras ya son frecuentes. En una oportunidad, en su transporte alimenticio, Rigo, en pleno vuelo, se le partió su pedazo de pan y cayó al vacío. Viendo la cara de asombro que puso, de inmediato le invité una ración más para que no se inquiete... y todo fue excelente.

Rigo tiene ya gustos refinados. Le di pan y no lo comía. Procedí a usar mi perspicacia, ya que es hora del almuerzo y tengo que darle su comida favorita, el arroz. ¡Qué inteligente que soy! Y allí estaba, tragándose cada bocado con placer. ¡Guarda ahí, Rigo! No te vayas a atragantar.

Los pajarillos no desperdician nada en absoluto. Si Rigo se llena el buchecito a más no poder, al instante aparecen más gorriones, y sus primos, los pajaritos, y sus tías, las palomas, y se comen todo lo que queda. No sé si realmente me usa a mí para compartir con sus amigos la comida, o no sé, pero igual me siento feliz de ser el sirviente de un ave feliz. Y claro, lo importante es que sus buches estén colmados para que puedan tener la vitalidad para trinar y así alegrarnos siempre nuestros días, no solo a mí sino a todos los que aquí residimos temporalmente.

Mi querido amigo Rigo tiene momentos en los que se enfada sin razón. A veces, cuando salgo a predicar y regreso, él ya está esperando en la ventana del frente, y apenas asomo a la puerta, se asoma con sus trinos característicos y tengo que darle de inmediato para que no se enoje. Un día, salí muy temprano a una asamblea de circuito y retorné a altas horas de la tarde. Rigo me sorprendió. Apenas llegué, ya no esperó en su posición de siempre, en las barandas de fierro, sino que ya estaba en el pasadizo a pocos centímetros de mi puerta. Le pedí disculpas por mi demora y, a la velocidad del rayo, tuve que entregarle su alimento.

¡Imagínese lo que le ha ocurrido a Rigo! Le dejé varios trocitos de panecillo, pero él no los comía. Me pregunté qué pasaba. ¿Por qué no come? Siguió en la baranda trinando, y de vez en cuando cambiaba el sonido en diferentes notas musicales. No pude entender la conducta de mi amigo, así que actué rápidamente y le arrojé un pedazo más generoso de panecillo suave. ¡Mírenlo! Con qué emoción alza vuelo y se dirige con habilidad y acrobacia de regreso al pasadizo para comer. Ahora entiendo su inquietud. Quería comida fresca y además estar cerca, como la familia. Así me debe considerar él, pues así lo considero yo. Ya saben, son los gustitos de Rigo.

Hoy es una tarde donde otra vez el sol tenía su máximo esplendor. Pasaron varios gorriones, entre ellos Rigo. Cada uno tomó su ración, pero se aproximaban personas, así que, en un vuelo raudo y veloz, salieron del lugar, casi todos con sus raciones. Sin embargo, Rigo se fue sin nada. Luego del incidente, Rigo volvía para tomar una sola ración que quedaba. Se aproximaba calmadamente, pero no se percató de que esa ración estaba en la mira de otro gorrión. Fue algo tan rápido que este gorrión, que era más joven, con buenas cualidades y condiciones, de figura ágil y veloz, cogió con suma rapidez, llegando unos centímetros antes que Rigo. Mi querido amigo se quedó con los crespos hechos y exclamó, creo yo, dentro de mi aprendizaje del lenguaje «gorrional»: «¡Exijo una explicación!». Esto nos deja como moraleja que lo que se aprende en una lección siempre hay que ponerlo en práctica.

A Rigo le tengo un cariño extremo, pues es un amigo de verdad. Le doy un cuidado especial, casi como si fuera mi hijo pequeñito. Le demuestro mi amor, mi paciencia, dedicación y tiempo. Le agradezco a Dios por ponerlo en mi camino en estos momentos difíciles. Rigo es mi ayudante para vivir, para vivir con tranquilidad mi encierro. Aunque le falta una patita, sus alas están completas para volar en la libertad. Y es con él con quien me proyecto en mis sueños y suelo alcanzar a mis padres, mis hermanos y mis hijos. Por ello, viendo a Rigo, digo que nunca dejemos que cualquier incapacidad nos tome ventaja. La libertad y la felicidad están dentro de nosotros. Solamente hay que hacerlas germinar regando nuestros días con todos nuestros buenos actos y pensamientos positivos.

Otro día más... Buenos días, Rigo. Aquí estoy, soñando con mi libertad. Espero, querido amigo, que el día de mi salida puedas estar a mi lado. Quién sabe, quizás puedas irte conmigo a volar por los aires de mi casa, continuando así con nuestra amistad por siempre. Y claro, quizás «Aurito» te dé la bienvenida con su habitual carcajada, pues él es el edecán de mi pequeña jungla familiar.

Habíamos pasado ya más de cinco años con la compañía de mi gran amigo Rigo. Siempre él ponía la nota de alegría en mis momentos de tristeza, pues al brindarle sus alimentos, su sola presencia disipaba todos mis miedos, temores y estrés.

Yo ya tenía mis horarios bien establecidos para mi rutina de trabajo del día. En la mañana, dedicaba mi tiempo al trabajo para Dios: predicar, hacer revisitas y realizar estudios bíblicos. En las tardes, después del almuerzo, me dedicaba a los trabajos de reparación electrónicos combinados con el trabajo de cerámicas. Cuando se presentaba una feria laboral, los trabajos eran más arduos, ya que tenía que contar con una buena cantidad de artesanías para cubrir la demanda del público visitante.

Pero uno de esos días, al momento de regresar luego de trabajar en el mensaje de Dios, al llegar a mi habitación recibo una de las noticias más tristes de mi vida. Un joven conocido como el Cajamarquino, quien era mi estudiante de la Biblia, pero que también dedicaba su tiempo al deporte, siempre lo encontrabas en el patio jugando fulbito, se acerca con un rostro de melancolía y con sus brazos atrás me dice:

—Lamento darte esta noticia, hermano. Encontré a tu mascota, Rigo, en el patio...

Antes de que terminara de decirme, pensamientos catastróficos inundaron mi mente. Finalmente, escuché todo...

—Aquí está Rigo.

Sacó algo de detrás y me mostró el cuerpecillo de un ave. En un primer momento, no imaginé que fuera Rigo. Reflexioné: si en la mañana le di su alimento...

—Es Rigo, mírale sus patitas.

El Cajamarquino lo conocía, pues cuando estudiábamos la Biblia a veces Rigo llegaba. Le pedía disculpas por la interrupción de mi mascota y le daba su comida, porque él sabía su nombre y las características de mi amigo pequeñín.

Al tomarlo entre mis manos, su cuerpo estaba inerte, sin los cuatro dedos de su patita izquierda. Era mi fiel compañero de vivencias. Por primera vez pude sostener su cuerpecillo y no pude contener mis emociones de tristeza; comenzaron a brotar mis lágrimas. Lo coloqué cerca de mi corazón. Hasta ahora, cada vez que recuerdo este pasaje de mi vida con el encuentro de Rigo, la nostalgia me envuelve. Verdaderamente era mi amigo de verdad. El Cajamarquino, al verme en ese estado, me abrazó y me consoló.

—Tranquilo, hermano. Lo importante es que estás con él en este instante, porque de otra manera habría sido peor si nunca lo encontrabas. Creo que deseaba despedirse de una forma que usted lo recuerde siempre a su engreído. Yo lo vi como lo quería a Rigo.

Me comentó que iba al patio para realizar sus respectivos juegos matinales de fulbito y le avisaron la situación de Rigo, pues muchos los conocían. Ya nos divertíamos jugando al entregar sus alimentos, porque cuando había tiempo le daba a Rigo un granito de arroz. Le entregaba más arroz, él buscaba el granito con su peculiar saltito, lo cogía y lo engullía. Así pasábamos el tiempo, hasta que se cansaba y ya no daba más saltitos. Era momento de parar el juego. Cuando le entregaba su comida, conversaba con Rigo.

—Toma, Rigo.

—Atrapa, Rigo.

—Vamos, mi campeón.

—Está rico el arrocito.

—Tú eres una hermosa ave, mejor que el águila.

Tantos diálogos con mi pequeñito amigo. Solamente faltó atrapar el granito de arroz en el aire. Allí sí se convertiría en un *Dream Team* de atrapar su comida en el aire. Mis vecinos comentaban: «¡Con ese número en el circo lo hacen lindo, hermano!». Verdaderamente era colosal sus saltitos que realizaba Rigo para atrapar los granitos de arrocito con una sola patita. Lo pasábamos genial jugando como unos niños en un recreo. Era un binomio hombre-ave, donde salía esa mente inocente de picardía y alegría. Es el recuerdo más hermoso que guardo dentro de mí de esta actividad de juego con Rigo.

Luego del momento de honda tristeza, me repuse y sequé las lágrimas que aún caían. Tuve que poner en práctica la fortaleza para afrontar y superar este desafío de la vida, teniendo en cuenta también la resiliencia en situaciones de emergencia.

Aunque no tenía hambre, de todos modos, preparé un almuerzo algo ligero para llenar el estómago. Después de terminar la comida, me vino a la mente dónde darle su última morada a mi amigo Rigo. Así que busqué a mi ayudante de confianza, Funakamoto, un muchacho trabajador y honrado. Nunca se perdía nada en la habitación; cuando realizaba la limpieza, a veces por mi rapidez, dejaba el dinero en un lugar visible. Funakamoto decía:

—Hermano, me estás poniendo a prueba con tu confianza. Aquí has dejado veinte soles.

Yo le respondía de manera jocosa:

—Claro, Funakamoto, es para poner a prueba tu integridad. Jajaja.

Luego nos reíamos a carcajadas. Después, él concluía su trabajo con su comentario habitual.

—Listo, hermano. La habitación está limpia y hermosa para recibir a la familia. Con esta fragancia, vale la pena vivir la vida, como si estuviéramos en un campo de flores de Holanda con sus famosos tulipanes. Jaja.

Así era de jovial Funakamoto y es la persona indicada para cubrir este trascendental día, en la despedida de mi Rigo. Lo llamé desde el tercer piso con voz de mando, como decían mis vecinos, aunque no se equivocaban. Jaja.

—¡Funakamotoooo, Funakamoto!

Él ya sabía que esa llamada era para un mandado. Sus amigos le ayudaban y él llegaba rápido, pues si no venía, había otros esperando ese trabajo. A estas alturas, el dinero es necesario y útil. Al rato, apareció mi amigo con su sonrisa característica.

—Buenas tardes, hermano, ¿en qué puedo ayudarte?

Con el rostro lleno de melancolía y pesar, le mencioné:

—Buenas tardes, Funakamoto. Ha llegado la plaga de la muerte.

Al instante, me preguntó:

—¿Qué ha pasado, hermano? ¿Por qué esa cara? ¿Por qué estás triste?

Con el dolor en el corazón, tuve que darle la noticia sobre Rigo.

—Rigo ha muerto.

Como él conocía bien a Rigo, pues era testigo de cómo lo cuidaba, protegía, alimentaba y jugaba con mi mascota, algunas veces lo comparaba con un perrito por la forma en que compartíamos nuestros momentos juntos. Fueron momentos maravillosos al lado de Rigo.

Saqué de las cajitas de infusiones que había guardado por el momento y se las mostré. Funakamoto se abalanzó y me abrazó.

—Hermanito, lo siento por lo que estás pasando. Mi amiguito también se ha ido. No puede ser. ¿Ahora con quién vamos a jugar?

Entonces le respondí:

— Gracias, amigo. Ahora toca llevar a Rigo a un lugar donde enterrarlo. Tú eres el indicado, un personaje eficiente en los quehaceres, además, fuiste su amiguito también. Entonces, tienes la misión y el honor de cumplir con el entierro de Rigo, como último mandato y descanso de Rigo.

Lo acaricié por última vez, el cuerpecillo de Rigo, mi amigo de inolvidables pasajes de mi vida. Cubrí con algodón toda la cajita para el cuerpecillo de Rigo. Estaba quieto, el color blanco significa la pureza de sus actos, la tranquilidad y felicidad que me brindó en estos largos años de convivencia. Al entregar en sus manos de Funakamoto a Rigo, nuevamente brotaron mis lágrimas. No pude contener el dolor y la tristeza que me embargaba su partida. Le comenté entonces:

—Por favor, busca un lugar apropiado donde pueda reposar los restos de Rigo. Adiós, amigo del alma. Adiós, Rigo.

Funakamoto tomó la cajita donde yacía el cuerpo de Rigo y se dirigió hacia su última morada, dejándome en la soledad. Es un vacío indescriptible que embargó mi corazón; no habrá otro gorrión con las mismas cualidades de Rigo. Tengo que mantenerme fuerte ante las adversidades; la pena podría causarme más daño.

A la hora de regreso, Funakamoto, con el rostro taciturno y triste, me dijo:

—Hermano, misión cumplida. Nuestro querido amigo Rigo ya reposa en paz.

Con ese dolor que nos quiebra desde el corazón y en momentos de profundo dolor, le respondí:

—Muy agradecido, amigo Funakamoto, por tu valioso apoyo.

Claro está, le pagué sus honorarios por sus servicios prestados, aunque él no quiso recibirlos. De todos modos, logré convencerlo, pues es un trabajo que debe ser remunerado.

A veces, existen dolores que penetran hasta los huesos. Mi fiel mascotita Rigo se fue, dejándome solo y apartado de su feliz compañía. Esa tristeza y dolor se van evaporando como la neblina natural, vencidos por los rayos poderosos del sol. Asumo con mucha nostalgia su vuelo sin retorno.

Rigo me deja muchas enseñanzas, como la «paciencia». Cuando pintaba, él esperaba en la puerta. Yo notaba que movía su cabecita de un lado a otro. Luego me aproximaba a la bolsa de panes, sacaba uno y lo hacía pedacitos. Después lo aventaba y él feliz realizaba sus clásicos saltitos. Lo recogía y comenzaba a ingerir sus trocitos de pancitos. Era también la hora de echar algo a la boca para acompañar a mi mascotita.

Otras enseñanzas que vale la pena mencionar es la «pulcritud». Cuando Rigo terminaba de comer, en automático se limpiaba su piquito. Como parte de mi curiosidad, veo que todos los gorriones se limpian después de cada comida. Así, de esta manera, me hacía recordar que después de cada comida tengo que cepillarme los dientes, como es habitual por higiene.

Otras de las tantas anécdotas con Rigo es que cuando retornaba de trabajar en la mañana, predicando la palabra de Dios, lo cual ocurría antes del mediodía aproximadamente, él me esperaba posando en la escalera del tercer piso. Para llegar a mi habitación son diez metros, los cuales me acompañaba con sus vuelos acrobáticos, lo cual se asemejaba al recibimiento que nos dan los perritos. Con esto, Rigo ya se había ganado su premio. Al instante abría la puerta y sacaba su alimento preferido, el arroz. Los dos sentíamos la felicidad y a la vez, me decía para mí: qué hermoso es tener un gran amigo plumífero.

Todo este recuerdo quedó atrás, pero nuestra amistad perdurará por siempre. A su lado pasé momentos especiales y felices. Con tan solo ver la figura de Rigo, me motivaba a superar cualquier obstáculo. Visualizaba a Rigo como un águila, pues, cuando se trataba de pelear, él no se corría; más bien, hacía correr al enemigo Rigo no aguantaba pulgas. Realmente me asombraba la personalidad de Rigo. Sus limitaciones nunca fueron un impedimento para realizar hazañas. Recuerdo la falta de sus cuatro dedos de su patita izquierda. Fuiste grande, Rigo.

Ahora que han pasado diez años desde su partida, durante uno de mis «entrenamientos de vida», en la actividad de «vuelos», experimenté lo fascinante y sensacional que es volar en libertad. Fue una etapa maravillosa de mi nueva vida. Recordé los vuelos de Rigo y, al instante, me sentí triste. Pero enseguida apareció la alegría, porque con esta actividad superé mis miedos y temores. Soy un imparable como Rigo. Hasta pronto, Rigo. Estás en mi corazón y sé que te recordaré con lágrimas una y otra vez. Lo haré porque fuiste un amigo extraordinario en vida. ¡Chauuuuu, Rigo!

Segundo cuento

Piquito lindo

Había una vez una comunidad de aves guaneras en la isla de Lobos de Afuera.[2] Entre ellas se encontraba una familia de piqueros conformada por mamá Mayita y papá Nelson, junto con su cría, un tierno piquerito. En aquella isla había miles de aves guaneras, incluyendo guanayes, piqueros, pelícanos, cormoranes, entre otros.

Esta familia de piqueros se caracterizaba en el lugar por ser unos expertos zambullidores en la caza de alimentos. Con la llegada de su cría, mamá Mayita le comenta a papá Nelson:

—¿Cómo llamaremos a nuestro pequeño?

Él le contesta:

—Se llamará Piquito, porque se parece a mí.

Mayita le dice:

—Siempre tienes buen humor y eres gracioso, me agrada el nombre. Quisiera completarlo, será Piquito Lindo.

Nelson exclamó:

—Así quedará. Ahora en adelante, su nombre es Piquito Lindo. Será como mis antepasados, siempre fueron líderes y guías de las bandadas, tanto en tiempos buenos como difíciles.

Esta familia joven era muy laboriosa y existía una buena armonía familiar. Su responsabilidad iniciaba desde la anidación, donde se turnaban para cubrir y darle amor al huevito. Luego de muchos días, el huevito se rompió y salió medio flácido y torpe en sus movimientos. Papá Nelson, emocionado, alzó un vuelo repentino. Su corazón estaba contento por Piquito Lindo. Se

2 Según Google, la isla Lobos de Afuera se localiza en la zona norte del litoral, orientada en dirección noroeste-sureste, con 3,2 km de ancho, 4,8 km de largo y con elevación máxima de 61 m sobre el nivel del mar. Dista 53 km de la costa, frente a la franja costera de Pimentel, departamento de Lambayeque.

dirigió a un lugar que sus antepasados le recomendaron en casos de suma urgencia, donde se podía cazar alimentos con mucha fortuna. Sus familias ancestrales les habían explicado que este lugar deberían visitarlo solamente en caso de vital importancia. Este era el caso de esta familia.

Ya en el lugar indicado, Nelson realizaba como todo un buen cazador la exploración de la zona. El agua era cristalina y estaba calmada. Al ver la mancha de cardúmenes de anchoveta, se elevó un poco más de lo normal. Tomó el desplazamiento, apuntó con su ojo fino a la presa y luego inició la cuenta regresiva. Juntando sus alas, se lanzó a la velocidad del sonido en picada. Unos instantes después, se clavó en el agua y efectuó una maniobra excepcional capturando su presa. Luego salió a flote, y con la ayuda de sus patas palmípedas, inició para alzar el vuelo. Esta maniobra que realizan los piqueros es un espectáculo maravilloso de ver mientras capturan sus presas. Ya en el aire, con el fresco viento ambiental, Nelson volaba feliz con la comida para su retoño. Era la primera tarea para alimentar a Piquito Lindo.

De tantos hogares en la inmensa isla, ¿cómo ubicar a su familia? Ellos tienen su SIAN, un medio de localización que queda grabado en su CPU personal. Los sonidos emitidos por cada ave son diferentes, como las huellas dactilares del ser humano. Papá Nelson solamente está esperando interceptar los sonidos de Mayita o Piquito Lindo, ya que los tiene grabados en su memoria. Escucha y se dirige sin problemas a su hogar, aterrizando y Piquito Lindo siente la llegada de papá Nelson con la comida en el pico. Es un momento de felicidad total. Piquito Lindo recibe de papá su alimento y los tres se sienten muy contentos. Esta tarea será por varios meses. A veces, la tarea de llevar la comida será de ambos en casos de escasez. Todo ello es un sacrificio abnegado.

La mamá Mayita tiene otra labor más educativa e instructiva: les enseña las pautas para sobrevivir ante cualquier eventualidad. Les narra historias fascinantes de sus antepasados, como vencieron a los enemigos del mar y al ser humano. Les habla de que el mar peruano es rico.

—¿Por qué tenemos un mar tan rico? —pregunta Piquito Lindo.

Mayita le contesta:

—La corriente peruana tiene condiciones excepcionales: la alta oxigenación de sus aguas, gran concentración de nutrientes y una cantidad importante de energía solar.

Piquito Lindo pide que continúe con sus narraciones. Mayita prosigue, también habla de islas flotantes con piratas crueles y ambiciosos del mar. También le cuenta sobre puertos por donde se embarcaron tesoros del imperio incaico. Algunas islas fueron tomadas por estos malvados, perturbando así su tranquilidad. Desde el siglo XX, les cuidan su territorio porque llegaron a conocer que ellos eran fuente del guano, muy útil en la economía del país. Piquito Lindo siempre quedaba atónito ante las enseñanzas de mamá Mayita. A medida que iba creciendo, papá Nelson también enseña cómo capturar sus presas, hablándole de tácticas y estrategias de vuelo con mucho cariño.

El tiempo transcurrido es suficiente para que Piquito Lindo pueda valerse por sí solo. Lo llevan de paseo a un acantilado de la isla, repiten las lecciones teóricas y viene lo más difícil: realizar las prácticas. Piquito Lindo siente temor, pero sus padres lo estimulan y le brindan la confianza necesaria. Nelson y Mayita están muy ansiosos en este primer evento trascendental. Nelson dice:

—Piquito Lindo, mira que nuestros antepasados le enseñaron a volar a Juan Salvador Gaviota.[3]

Piquito Lindo pregunta:

—¿Quién es Juan Salvador Gaviota?

Nelson, con mucha sabiduría, le explica:

3 Juan Salvador Gaviota es una fábula en forma de novela que fue escrita por el estadounidense Richard Bach, que trata de una gaviota y su aprendizaje sobre la vida y el vuelo.

—Aquel que dijo este mensaje: «La única ley verdadera es aquella que conduce a la libertad», y nuestra libertad la conseguimos alzando el vuelo. Para eso estamos diseñados, hijito. Ahora presta atención, mira cómo vuelo. Mayita y yo estaremos junto a ti, no tengas miedo.

Ya en el aire, Nelson da la señal de prepararse, indicando que alce el vuelo junto a él y Mayita. Piquito Lindo supera el miedo, viviendo momentos de júbilo y alegría. Era su primer vuelo, una hazaña.

Papá Nelson exclamó:

—¡Ese es mi hijo! Es igual a sus padres, valiente y fuerte. Sigue batiendo tus alas, hijito, con más fuerza. Tú puedes, Piquito Lindo.

Así permanecieron en el aire varios minutos, luego regresaron a la isla. Todo fue un jolgorio y momentos de mucha felicidad con este primer vuelo. Lo acariciaron, se abrazaron con sus alas, saltando de alegría. Así transcurrieron los días, donde Piquito Lindo puso en práctica las técnicas de planear y sustentarse en el aire con mucha facilidad. Era un retoño muy aplicado y obediente.

Pero un día, escaseó la comida cerca de la isla. Nelson y Mayita fueron en busca de alimentos, dejando a Piquito Lindo solo. Pasado un tiempo, Piquito Lindo vio que un grupo de piqueros alzaba vuelo y los siguió. Después de varias horas de vuelo, no localizaban los bancos de peces. Entonces, las fuerzas abandonaron a Piquito Lindo se le aproximo dando le consejos y la vez arengando le dijo:

—Amigo Piquito Lindo, por favor pon en práctica todo lo que tus padres te enseñaron. Así podrás sobrevivir a estas circunstancias y tendrás que regresar a la isla. Tu familia estará preocupada. Ten ánimo. También contamos con la ayuda de algunas islas flotantes con chimenea; ellos siempre pasan cerca de las islas. Tú puedes, mi pequeño amigo. Yo continuaré con el grupo.

Era momentos de mucha angustia para Piquito Lindo, allí se acordó de mamá Mayita de las historias antes contadas, ahora tenía que seguir volando con mucha calma sin perder la ecuanimidad y así, aunque sea ubicar alguna isla flotante. La hora iba avanzando y no había cuando llegar, por más que aplicaba las teorías antes enseñadas, las fuerzas poco a poco se iban debilitando, Piquito Lindo, se decía interiormente:

—¡Mis alas son robustas, soy igual que Juan Salvador Gaviota! ¡Yo puedo!

En eso, a unas tres millas ubica algo que nunca había visto. Era un objeto flotante. Piquito Lindo lanza su GPS y se dirige hacia él, haciendo un último esfuerzo. Esta era su única oportunidad en ese momento.

El BAP «Carrasco» surcaba el mar de Grau, luego de cumplir sus misiones satisfactoriamente con rumbo 187°, retornando a casa. El vigía de la nave alerta al comandante de la unidad, diciéndole:

—Comandante, hay un tripulante a bordo. Se ha posado en la cubierta de proa.

El comandante interroga al vigía:

—Confírmame qué tipo de tripulante es. No creo que sea Superman.

En respuesta, el vigía le menciona:

—Es un piquero joven, parece que está extenuado por el vuelo.

El comandante, que es un hombre sabio y curtido en el mar, le dice:

—Déjalo tranquilo. Estas aves son iguales que el ser humano; también necesitan descansar. No sabemos cuál es su condición. ¿Se habrá perdido o es muy joven para realizar vuelos a grandes distancias?

La dotación también se enterneció con la mascota fugaz, pues yacía acurrucado en la cubierta sin realizar ningún movimiento. Luego de varias horas, Piquito Lindo vuelve en sí, pero qué sorpresa: a su lado se encontraban trozos de pescado que el buen cocinero de a bordo le había obsequiado, y él los engulló. Pasados unos minutos, comenzó a reaccionar. Se acordó de sus padres. Realmente estaban en una isla flotante con seres humanos, todos lo miraban con alegría y él tomó confianza por la buena atención de la dotación. Ahora su inquietud era cómo volver a su hogar, siguiendo el camino correcto. Ya sentía las brisas del mar, lo que indicaba que se estaba atardeciendo. Él sentía que las fuerzas le regresaban. Su atención era única ante cualquier señal de su familia o de la comunidad. Su oído fino, que estaba al cien por ciento, recibió un SAI. A medida que pasaban los minutos, el sonido se incrementaba. Los SAI se volvían más nítidos. Da un vistazo comenzando a explorar a lo lejos se ve un objeto. Aquí Piquito Lindo se arma de valor y mide sus fuerzas. Siente que ese lugar es su hogar, así que sacude sus alas en señal de que estaba recuperado de su fatiga, levanta vuelo y da una vuelta en círculo encima de la nave. El comandante, que se encontraba en el Puente de Comando, dice:

—Buen, muchacho, vuela hacia tu familia. Esa isla es Lobos de Afuera.

Escucharon estas palabras, Piquito Lindo, se puso contento y se fue en dirección de la isla, emitiendo su SAI. Al otro lado, Nelson y Mayita escucharon el SAI de su retoño. Como resorte, alzaron su vuelo y en el aire se encontraron los tres. Llegaron a su lugar y nuevamente el hogar se colmó de algarabía al encontrar sano y salvo a su hijito. Recomendaron que tenga más cuidado de ahora en adelante en sus actividades cotidianas, ya que todavía no era el momento apropiado para valerse por sí mismo, y que tenga mucha paciencia. Todo a su debido tiempo.

Moraleja: Aprecia las enseñanzas de tus padres y toma en cuenta sus consejos, ya que siempre quieren lo mejor para sus hijos.

Tercer cuento

Paseo a la campiña Lurín

Finales del año escolar de mis estudios primarios en el colegio 6022; llegaba como el sol que se aleja y da paso a la noche. Era una tristeza dejar a todos nuestros amigos formados en esta etapa tan sana, entre recibir y escuchar las enseñanzas de nuestros queridos profesores acompañados del bullicioso y alegre recreo estudiantil.

En mis tiempos, eran escasas las fiestas de promoción (1974) o los viajes de promoción, pero nosotros hicimos nuestros propios viajes de promoción especiales de medio día. Al terminar con los exámenes finales, como aquel día siguiente donde el líder del grupo dijo:

¡Qué tal si mañana nos vamos a Lurín! Claro está que la invitación se hizo a los más capaces (valientes). Al final del grupo, solo fuimos siete: Pedro, Abilio, Luis, Leo, Emilio, Thomas y Oscar.[4] Yo me agencié para mis pasajes escolares.

El día era hermoso, propicio para un paseo. Nos juntamos en un paradero de la Av. Pachacútec, cerca del cine Delia, para no levantar sospechas entre nuestros compañeros de estudio y nuestros padres. Como nunca, el horario del encuentro que se había pactado se cumplió al pie de la letra, siguiendo el dicho de la «hora inglesa» y no la peruana. Entonces me dije: «Todo va a estar bien».

Abordamos un bus rumbo a la zona de José Gálvez —límite de Villa María del Triunfo y Lurín—, todos con nuestro uniforme escolar y solo unos cuadernos de notas. El bus terminaba su recorrido y el paradero final nos decía su nombre: Lurín; entre

4 AMIGOS DE AVENTURA: Pedro, Abilio, Luis, Leo, Emilio, Thomas y Oscar.

sonrisas el cobrador y el chofer, disimuladamente comentaban seguro habíamos caído en la tentación de «tirarnos la pera»[5], y no estaban lejos de la verdad, pero nosotros estábamos tan concentrados en lo que íbamos a hacer que no nos importaba nada a nuestro alrededor.

El cobrador dijo:

—Último paradero. Pueden bajar, estudiantes.

Esa frase nos sonaba como una broma o un insulto elegante. Así que bajamos medio temerosos, pues habíamos tomado un rumbo desconocido desde nuestro colegio. El cuadro del salón se había transformado en un horizonte amplio y ancho de árboles y tierra que era tan nuestro como ajeno; era momento de aprovechar el día.

El líder tomó el mando y nos recomendó no separarnos demasiado, pues nuestra meta era llegar al río Lurín. Caminamos dejando atrás la ciudad y entramos en unas zonas de cultivo, donde logramos estar cerca de la madre naturaleza. El olor y la fragancia del campo nos envolvieron, y pudimos ver los enormes árboles frondosos en cuyas ramas fuertes pudimos balancearnos. Cerca de la acequia, los pastizales adornaban.

En este lugar, el corazón se sentía feliz. Realmente valió la pena escaparnos del colegio a estas alturas del año académico, pero extrañamos a la verdadera líder y guía: nuestra profesora Ana, quien seguro se daría cuenta cuando llame la lista y no estemos sus siete alumnos, los que le alegraban el corazón. Ella nos había acompañado estos seis años entre nuestras canciones infantiles, el abecedario, las sumas, y en el curso de Ciencias Naturales con sus paseos nos enseñó el amor a las plantas y animales. Fue ella quien nos aconsejó que siempre mantuviéramos nuestra amistad y nos dio la idea del nombre. Además, a la Profe nunca le fallamos; siempre cumplíamos con todo, a veces

5 Tirarnos la pera» (faltar al colegio).

sudando la gota gorda. Miren que no nos quedamos de grado, juntos empezamos y juntos terminábamos.

En el camino hacia el río, saltábamos y corríamos llenos de gozo. Éramos libres, disfrutando de este paseo especial. El recreo había comenzado y danzábamos a nuestro libre albedrío.

Pedro, que es muy inquieto, vio un nido del que divisamos salir volando a una graciosa tórtola. Él se subió al árbol para sacar los huevitos. Haciendo un esfuerzo, se asomó hasta el nido y, para su sorpresa, el nido estaba vacío. A pesar del fracaso de su dura exploración (con algunos raspones y arañazos de las ramas), todo era alegría. Seguimos en la aventura.

Leo divisó un grupo de árboles de guayaba, cuyo olor fresco y pulpa blanca y cremosa me hizo recordar los días en el campo del tío Nicanor en Cañete. Estos estaban llenos de frutos que destilaban un delicioso aroma. De todas ellas cosechábamos y, frente al estómago, decíamos: «¡Buen provecho, amigos!». Luego de comer, continuamos en nuestro andar hasta que divisamos las refrescantes y jugosas fresas que, cual alfombra rojiverde, aparecían a nuestros pies y que el buen Pedro cogió y engulló con vivacidad. Viendo su rostro lleno de satisfacción, Oscar, ocurrente, dijo:

—¡Seguid su ejemplo!

Y ni cortos ni perezosos, seguimos al ataque.

Toda esta felicidad terminó cuando a los lejos se asomó un jinete cabalgando en su potro. Venía a todo galope, se parecía a Santorín.[6]

Salimos de la chacra al camino, cuando de repente nos comenzó a corretear y alcanzarnos un hombre con un látigo en la mano. Nos amenazó que nos fuéramos de inmediato a nuestro lugar de origen. El señor estaba tan amargado y para demostrar

---

6 Santorín: Caballo que represento al Perú en el gran Premio Carlos Pellegrini (Argentina), ganando la carrera el 4 de noviembre de 1973.

que estaba hablando en serio, le dio un latigazo a Leo, quien estaba más cerca. Entonces, le rogamos:

—Por favor, señor, no nos castigue. No vamos a volver a este lugar —era la voz entre sollozos de mis compañeros y del niño que, creo, aún llevamos adentro.

El señor, en su amargura, dijo:

—¿Cómo es posible que vengan a dañar mi trabajo con el cual sustento a mi familia? Seguro que sus padres ni siquiera saben dónde están.

Nuestros corazones se aceleraron al máximo. Era un momento terrible para mí, pues pensaba que en cualquier momento sería yo el próximo en recibir el latigazo, ya que estaba al lado de Leo. Por un instante, me reprendí por haber venido a este paseo fugaz.

El señor vio que todos temblábamos de miedo, acompañados de nuestras lágrimas genuinas. Se compadeció de nosotros y decidió no castigarnos. Solo atinó a decir:

—No los quiero volver a ver en mi chacra. Si quieren comer algo, tienen que saber pedir, y yo les daré si me lo piden.

Pedro, recobrando el ánimo, balbuceó:

—Discúlpenos, señor, por haber causado molestias. Solo queríamos llegar al río, pero, así como va, será mejor que regresemos a nuestras casas.

—Está bien, regresen a sus casas, sigan su camino, pero si los veo nuevamente entrar a mi chacra, allí no les perdonaré. Así que váyanse rápido y no vuelvan a faltar a su colegio —dijo el señor, apaciguando su ira. Parece que por un momento pensó que éramos sus hijos; al menos, eso creí yo.

—Gracias, señor, por habernos enseñado a pensar y perdonarnos por nuestra falta. Que Dios los bendiga. Le debemos nuestro respeto por ser un hombre justo.

El dueño cambió su fisonomía; su rostro adusto se ablandó y soltó una ligera sonrisa mientras mencionaba:

—En la Biblia hay un texto en el libro de Isaías 30:21 que dice: «Y tus propios oídos oirán una palabra detrás de ti que diga: este es el camino, anden en él, ya sea que se vayan a la derecha o a la izquierda». Esto quiere decir, muchachitos, que es muy importante que caminen por el camino recto que los conduce a su objetivo. Si salimos de ese camino, puede acarrearnos problemas, como lo sucedido esta mañana. No hagan pasar malos momentos a sus padres. Vuelvan a su hogar y sean buenos estudiantes.

A esta altura, nuestros corazones habían recuperado su ritmo y pudimos recobrar la paz terrenal, pues el dueño nos dio tal confianza mediante sus palabras y ya respirábamos suavemente. Así, por enésima vez, Pedro nuevamente tomó la palabra:

—Estamos muy agradecidos por habernos perdonado por nuestra osadía. Gracias por sus consejos. Usted es un buen hombre.

Cuando vi al dueño en su caballo, recordé la historia de Napoleón Bonaparte dando arengas a sus tropas para cumplir las misiones. Así percibí que el dueño se había lucido con nosotros, por un instante hizo como si se dirigiera a sus guerreros. Realizando luego una maniobra de giro con una magnífica destreza de binomio hombre-animal, lo vimos desaparecer desplazándose con la hidalguía y fineza de un chalán sobre su caballo. A mis leales amigos y a mí no nos quedó otra opción que tomar el retorno a casa.

Durante el camino de regreso, consolamos a nuestro sacrificado amigo Leo al ver la marca del látigo. Mentalmente decíamos: «De lo que nos hemos salvado». Lo abrazamos y le aseguramos que todo pasaría.

Caminando y casi al llegar al paradero inicial del ómnibus, nos percatamos de que nos faltaban tres pasajes de vuelta para nuestro retorno. Terminamos por darnos cuenta de que, en nuestro jugueteo de subir y bajar los árboles y el tremendo susto que nos dio el chalán José Antonio, algunos caímos al suelo y tropezamos fuertemente. No nos dimos cuenta en qué momento se nos cayó el dinero. Ahora, ¿cómo solucionar este problema? Pedro dijo:

—Cuando llegue un ómnibus al paradero y estén descansando luego del recorrido de la ruta, será el momento oportuno para hablar con el dueño.

Verdaderamente, Pedro es muy inteligente y hábil. Conoce el negocio del transporte de pasajeros. Tener un recorrido de ruta es muy cansado, entre paradero y semáforos, si existieran. El conductor tiene que realizar una serie de maniobras con sus manos y pies: el timón, la palanca de cambios, y los pedales de cambio, freno y acelerador. Debe ser un trabajo muy laborioso, y más aún en la ciudad. El cobrador tiene que ser un atleta, ya que en cada paradero tiene que bajar y luego, con una buena voz, llamar a los pasajeros que a veces están un poco desubicados. Quien no ha escuchado a los cobradores cuando llaman los recorridos del ómnibus, es divertido. Una vez que ha bajado o subido el pasajero, nuevamente agarra el estribo del carro e indica que ya puede dar marcha al ómnibus. Esto ocurre en cada paradero, por lo tanto, es necesario un descanso como se merece para el otro recorrido que se avecina.

En eso, Pedro continuó rápidamente y se percató de una movilidad que podría ayudarnos con nuestras intenciones. Luego nos indicó:

—Síganme, hablaré con el dueño del ómnibus.

Pedro se aproximó al dueño de un ómnibus, mientras el resto del grupo permanecíamos lejos de la conversación. Al retornar al grupo, Pedro venía con una amplia sonrisa y nos dijo:

—Muchachos, manos a la obra. Vamos a darle una limpieza al bus. Todo está solucionado, solo hay que moverse ya.

Nuestro líder había negociado con el dueño y debíamos dejar limpio el bus como forma de pago por nuestros pasajes. Tal parece que Pedro otra vez utilizó su don de líder, llegando a un acuerdo armonioso, casi diplomático, de partes iguales, algo beneficioso para ambos lados.

Pedro nuevamente dijo:

—¿Quién barre bien en su casa?

Espontáneamente levanté la mano y respondí:

—Yo. Siempre barro en casa, pues mis padres dicen que la casa debe estar limpia en todo momento.

—Bien, Abilio, tú te encargas de barrer el piso del bus. Luego, al final, le rocías al piso gotitas de petróleo.

—Ahora, ¿quién sabe limpiar las lunas?

Levantaron la mano Leo y Luis.

—Muy bien, ustedes se encargarán de todas las lunas. Les ayudará Emilio con la carrocería.

Emilio era el más fuerte del grupo, ya que ayudaba a su padre, quien era albañil. Estaba feliz, ya que le encantaban los trabajos pesados.

Luego, Pedro preguntó de nuevo:

—¿Quién sabe lavar llantas?

Pregunto Pedro;

—Yo,(respondió Thomas), ya que siempre lavo las llantas de mi bicicleta.

—Correcto, Thomas, tú te encargarás de las llantas.

Y solo faltaba Oscar, y ya pensábamos que se libraría del trabajo, pero Pedro pronunció:

—Oscar, tú saliste elegido para dar el toque final al bus... Te encargarás del parabrisas, del capó y los espejos.

Oscar ayudaba a su papá a limpiar su carro; él asintió y dijo que lo dejaba excelente, por eso su padre le daba propinas extras.

A Pedro nada se le escapaba. Manejó el grupo formando un equipo y distribuyendo el trabajo a cada uno de acuerdo con sus habilidades y cualidades.

Luego, el dueño nos dio los materiales de limpieza y cada uno tomó lo que le correspondía.

Pedro nos arengó:

—Depende del buen trabajo nuestro regreso a casa juntos, así que manos a la obra.

Empezamos la tarea con muchas ganas. Pedro siempre verificaba y proveía los materiales que faltaban, y a veces ayudaba en lo necesario para el cumplimiento de nuestra gran misión. Los que terminaron antes apoyaron a los otros y todos estaban contentos. Qué bueno es trabajar en equipo y ser solidario con nuestros compañeros.

Al cabo de media hora, finalmente Pedro dijo:

—Gracias, amigos, por haber realizado bien sus tareas. Ahora voy a avisarle al dueño.

El propietario se sintió contento con nuestro trabajo y al ver su bus reluciente, en su emoción dijo:

—Jovencitos, todo trabajo es digno de un salario. Van a ir gratis a su lugar de origen, pero creo que se merecen algo más.

Nos invitó a acercarnos a la tienda y pidió algo para refrescarnos:

—Sra. Panchita, una gaseosa familiar para estos muchachitos trabajadores —exclamó.

Ella contestó:

—Solamente tengo una Inca Kola, señor Amador.

—¡Está bien! Se merecen algo bueno, pues mi carro ha quedado hermoso y limpio gracias al mantenimiento que han hecho estos lindos jovencitos.

Aunque no todos éramos lindos físicamente, creo que sí teníamos buen corazón.

Nos alcanzó varios vasos de vidrio y aunque la gaseosa quedó pequeña, lo importante era que ahora sí habíamos hecho las cosas correctamente.

El despachador de la línea empezó a llamar:

—Sr. Amador, dirija su carro a la ubicación de partida.

El señor Amador nos dijo:

—Bien, muchachos, cuando terminen vienen al bus. Ya salimos en diez minutos.

Pedro dijo:

—Gracias, Sr. Amador, por la refrescante gaseosa. Está muy rica.

Luego, también le dijimos a una sola voz a la Sra. Panchita:

—Gracias, Sra. Panchita, por la gentileza y la amabilidad. Hasta pronto.

La señora nos regaló una sonrisa encantadora, la cual me hizo recordar la sonrisa de mi dulce abuelita.

A los cinco minutos, todos estábamos cómodamente sentados en los asientos, cansados por la doble fatiga de la mañana. El bus partió rumbo a su destino, y comenzaron a subir pasajeros en los diversos paraderos. A medida que subían personas mayores y no había asientos vacíos, cada uno de nosotros, demostrando la cortesía enseñada por nuestra tierna maestra, cedíamos los asientos, hasta que todos estábamos de pie. Luego de varios minutos, llegamos al paradero del cine Delia. El bus se detuvo y antes de bajar, le dijimos al Sr. Amador y a su cobrador:

—Gracias por toda su amabilidad, no lo olvidaremos.

El chofer movió la cabeza, sintiéndose también agradecido por la ayuda y nuestro gran trabajo en su bus.

Ya en tierra firme, todos soltamos nuestras angustias y penas, pero el hambre ya se sentía y el estómago pedía comida. En nuestra vestimenta se notaba que algo había pasado, así que Emilio no aguantó más y dijo:

—Por favor, amiguitos, hagamos una chanchita[7] con el dinero que algunos tenemos. Miren allí —señalando a una señora—, vende papitas rellenas que se ven exquisitas.

Pedro realizó su última gestión del día.

—A ver, los que todavía tienen dinero de su pasaje, colaboren...

Logramos reunir dos soles de oro,[8] lo que nos alcanzó para cuatro papitas rellenas, las cuales repartimos equitativamente.

---

7 Chanchita: reunir fondos voluntarios.

8 Sol de oro: Unidad monetaria del Perú en 1974.

Como dice el dicho «el que parte y reparte se lleva la mejor parte», Pedro tomó la mejor parte.

Terminando la deliciosa comida, nos despedimos hasta el día siguiente para encontrarnos en el salón de clases. Será el último día con todos nuestros compañeros, pues era el día de la clausura del año escolar... Nuevamente la nostalgia se avecina, pero el camino continuó, así que estamos preparados para un nuevo día. Quizás sea otro día para una aventura de nosotros, los «caras sucias».

Moraleja: El mejor líder de nuestra niñez y juventud son nuestros padres y maestros de escuela, que trascienden su enseñanza a través de la palabra, la tiza y la pizarra al labrar el camino de nuestra vida futura. Asimismo, debemos reconocer al más grande líder de nuestra vida, Jesús.

Cuarto cuento

Club Juventud Unida

Una nueva vecindad se forjó en los años 1961, en la ciudad del emergente distrito de Villa María del Triunfo, que se formó entre los distritos de Santiago de Surco y Lurín. Este distrito es peculiar, con aproximadamente cuatro avenidas principales: el Sol, Triunfo, Villa María y San José, que nace en la pista principal de Pachacútec, cerca de la cuadra ocho, donde solía ubicarse la antigua municipalidad del distrito. La parte más angosta del distrito está junto a una ensenada o pendiente llamada Arenal Alto. Mi querido barrio, formado alrededor de 1967, surgió de la expansión de viviendas urbanas en la zona. Antes, había un cerro sin construcciones, pero ahora está lleno de viviendas. Entre la cuadra ocho de la calle San Martín de Porres y el jirón San Francisco, cuadra cinco, se encuentra la esquina donde los niños rebosan de alegría, picardía y travesuras.

Los sábados y domingos por las tardes eran los momentos en los que más disfrutábamos con los juegos, como el juego de canicas. Había días en los que salía con diez canicas y a veces regresaba sin ninguna, pero también había días en los que volvía con un montón de canicas. Guardaba con mucho cariño las canicas que me hacían ganar, las famosas «lecheras». Les tenía tanta fe a esas canicas que, aunque pasaran varias temporadas, permanecían en mi poder. Podía perder todas las canicas, menos ellas. Con mis propinas compraba más para seguir jugando. El terreno se prestaba para el juego de canicas, con su suelo de arena y sus obstáculos naturales. Aquí, la habilidad de los dedos de los jugadores era crucial, ya que debíamos tener precisión y puntería para impactar a las canicas adversarias y alejarlas del hoyo.

En el juego, todos los participantes impulsábamos nuestras canicas a unos cinco metros del hoyo para comenzar. Las canicas más cercanas al hoyo tenían más posibilidades de ganar. Con unos cálculos matemáticos mentales, medíamos la distancia de la canica del rival y luego le dábamos un golpe para alejarla lo más lejos posible, pero sin que quedara más cerca del hoyo que la nuestra. En el segundo intento, teníamos que intentar embocar nuestra canica en el hoyo para ganar el juego. La estrategia mejor ejecutada nos llevaba al triunfo. Perdías tu turno si no lograbas impactar otra canica del rival.

Era un juego que exigía mucha concentración y paciencia, así como una buena dosis de creatividad para superar al oponente. Cuando ganabas, volvías a casa con nuevas canicas, pero si perdías, esperabas tener propinas para comprar más. Algunos jugadores eran prudentes y, antes de seguir perdiendo, se retiraban del juego, esperando recuperarse al día siguiente.

El otro juego eran los trompos, que fabricábamos a mano con madera dura. Si perdías en el juego de modalidad «cocina», el castigo era recibir cinco golpes con la punta del trompo de cada participante. El objetivo era dejar el trompo del oponente inutilizable, lo que a menudo ocurría. En ocasiones, el pobre trompo terminaba dañado en varias partes del cuerpo. Al comprar un trompo nuevo, los expertos te indicaban si su movimiento era defectuoso u óptimo, y sugerían ajustar la punta del trompo para lograr la alineación correcta, lo que llamábamos estar «sedita». Los trompos podían tener movimientos bruscos, pero podíamos afinarlos para que fueran más cómodos y permitieran hacer piruetas con facilidad. Estos juegos eran muy divertidos en nuestra niñez, pero los trompos de material sintético actuales carecen del encanto y los desafíos de antaño.

Otro de los juegos eran las cometas. Teníamos que fabricar nuestras propias cometas, así que buscábamos a los expertos que nos enseñaran cómo confeccionarlas. Aprendí desde hacer una simple cometa, llamada «cartucho», hasta una más difícil pero majestuosa como un avión. También descubrí que la cola que se colocaba en las cometas tenía la función de darles estabilidad e impulso en sus vuelos. Cuando el grupo tenía sus cometas listas, era el momento de subir al cerro Centinela para disfrutar de este juego maravilloso, especialmente cuando había viento a favor. Lo más espectacular era el juego de guerra entre cometas. Algunas veces, alguien perdía su cometa en los vuelos acrobáticos, ya que los expertos colocaban en sus cometas tipo avión una caña sobresalida que podía dañar a otras cometas que volaban cerca.

Pero de todos los juegos, el que más nos divertía era el fútbol. Este deporte movía masas; bastaba con que apareciera una pelota en la calle para que saliéramos automáticamente los jugadores. Una simple señal o código era suficiente para que nos reuniéramos como de costumbre en largas jornadas futboleras.

Fundación del club juventud unida

El lugar «Arenal Alto» estaba olvidado. Las calles difíciles para el tránsito vehicular igual para personas, pero sucedió una cosa asombrosa. En esos tiempos el gobierno revolucionario del general Juan Velasco Alvarado entró en funcionamiento el aparato estatal llamado SINAMOS, que comenzó a apoyar en el manteamiento de las calles con ayuda de maquinaria y personal del ejército peruano.

En una semana, las calles quedaron ampliadas y mejoradas, convirtiéndose en un terreno listo para realizar nuestras prácticas deportivas. Porque aquí no necesitábamos una cancha formal para organizar nuestras pichanguitas.

Éramos muy creativos. El arco estaba hecho solamente con dos piedras, y la medición de la cancha se ajustaba según la cantidad de jugadores aptos para participar. Era expandible según nuestras necesidades. Jugar en la arena era agradable, ya que parecía césped sintético. Otra peculiaridad de nuestra cancha era que podíamos jugar descalzos, lo que protegía nuestras zapatillas de educación física. Esto era común en invierno; en verano la situación cambiaba, pero algunos ya se habían acostumbrado a jugar sin zapatos.

Llegó el primer sábado de la semana, la pista estaba en su esplendor, lo que ameritaba inaugurar nuestra fantástica cancha. Siempre comentábamos que, para poder jugar nuestro deporte favorito, era necesario ayudar en casa con los quehaceres. De esta manera, nos asegurábamos de estar disponibles sin problemas a la hora del juego. Si se convocaba a un equipo y este estaba incompleto, no había inconveniente en que el equipo jugara con los jugadores disponibles en ese momento.

Cada uno de los jugadores debía haber terminado sus tareas escolares. Nuestro amiguito Edson sacó su pelota de fútbol y en diez minutos ya estaban completos para formar dos equipos. Ahora venía la difícil situación de elegir los jugadores para cada equipo. Lo clásico era que los dos mejores eligieran a sus jugadores, para lo cual utilizaban una moneda. Muchas veces no contábamos con una moneda disponible, así que se utilizaba el famoso juego de «piedra, papel o tijera».

Instrucciones:

Los jugadores contaban juntos «1, 2, 3..., ¡piedra, papel o tijera!». Justo al acabar, mostraban todos al mismo tiempo una de sus manos, de modo que pudiera verse el elemento que cada uno había elegido:

- Piedra: un puño cerrado.
- Papel: todos los dedos extendidos, con la palma de la mano de lado, mirando hacia abajo o hacia arriba.
- Tijera: dedos índices y corazón extendidos y separados formando una «V».

El objetivo era vencer al oponente seleccionando el arma que ganaba, según las siguientes reglas:

- La piedra aplasta la tijera (gana la piedra)
- La tijera corta el papel (gana la tijera)
- El papel envuelve la piedra (gana el papel)

En caso de empate (que dos jugadores elijan el mismo elemento o que tres jugadores elijan cada uno un objeto distinto), se juega otra vez.

Comentarios de Wikipedia[9]:

El ganador de este juego comenzaba a escoger a su equipo, y el otro le seguía a su turno, y así sucesivamente hasta el último jugador, qué pasa si quedaba en números impares de jugadores, como el último jugador bien era el menos diestro para el juego o era el más pequeño del grupo, la clásica del autosuficiente, el líder decía: «Te regalo tal persona», o a veces ese último jugador definía los partidos que ironía de la vida.

Las reglas de juego eran sencillas:

- Primero: los goles eran válidos desde cualquier lugar.
- Segundo: como el arco no tenía travesaño porque eran dos piedras, se adoptaba la regla de que los goles tenían que ser marcados debajo de la rodilla de un jugador. Surgían discusiones cuando el gol parecía ser anotado en las supuestas esquinas superiores del arco, una zona ficticia. Pasábamos varios minutos debatiendo si era gol o no. En algunos casos, las personas mayores actuaban como veedores y confirmaban si era gol o no, como si fueran árbitros. Para evitar discusiones, procurábamos marcar los goles al ras del suelo, así no había quejas sobre la validez de los goles, ya que no había árbitros.

Se iniciaba el partido con el clásico pelota al aire. Uno agarraba la pelota, la pateaba al aire, pero algunos eran muy astutos y calculaban para beneficiar a su propio equipo, buscando sacar ventaja para que la pelota quedara en sus pies. Jugábamos hasta

9 A veces, esto se repite hasta que uno de los jugadores gana con tres puntos, o cinco, según se haya acordado previamente, y será entonces el vencedor del juego.

estar cansados o cuando nuestras mamás nos llamaban; en ese momento se definía al ganador y surgía la frase «el que mete gol es ganador». Qué bellos momentos de alegría. Nadie quería ser arquero, así que para superar este pequeño inconveniente se rotaba en esa posición después de cada gol. Sin embargo, no faltaba el pícaro que fingía haber anotado un gol intencionalmente para seguir jugando en otro sector de la cancha. Si eso sucedía, por decisión unánime se le indicaba que continuara en el arco y no se permitía regalar un gol. ¡Qué tiempos aquellos! Un dato curioso es que todos íbamos detrás de la pelota, éramos como ovejas sin pastor jajaja.

Pasábamos jugando todas las tardes del sábado, domingo y los días feriados disponibles. Otro pasatiempo favorito era ver televisión, pero el televisor era escaso en esos tiempos. Pocas personas del barrio tenían un televisor, especialmente durante la fiebre del Mundial México 70. Algunos hicieron un negocio, ya que como en el estadio cobraban la entrada para ver el partido donde participaba la selección peruana. Los dueños de las casas armaban asientos con tablas de construcción encima de los ladrillos, así que, si uno quería ver bien el partido, tenía que estar en las primeras filas. También alquilaban en días de semana para ver nuestras series favoritas, como Daniel Bond, Llanero Solitario, Ultraman. Verdaderamente era alucinante estar frente a estas series. Todas las películas o series se veían exclusivamente en blanco y negro. También había fallas en la señal; un viento fuerte movía la antena, y el dueño del televisor corría al lugar donde estaba la antena, la direccionaba y asunto solucionado.

Pero dentro de todas nuestras pichangas con el balón, teníamos a un hincha muy especial: el señor Emiliano Espichán, un señor de avanzada edad, pero buen tipo. Él sacaba su silla y siempre se colocaba casi en la intersección entre la calle San Martín y Jr. San Francisco; su casa estaba en la esquina, y él vivía habitualmente allí. Se divertía con nuestras locuras con la pelota en la canchita.

Así que, un día, antes de que termináramos el juego, el señor Emiliano Espichán se aproximó a nuestra cancha de fulbito, allí de una manera muy cordial y pasmada, y nos dijo:

—Niños, los he visto en varias ocasiones, exactamente desde hacía varias semanas verdad, estoy contento de que practiquen este deporte.

Al instante se me vino a la mente: ¿Qué ha pasado ahora? Mis amiguitos también quedaron un poco taciturnos, pero él continuó dirigiendo sus palabras al grupo:

—Qué les parece si les invito a participar en este juego, pero de manera más formal. Creo que sería mejor jugar bajo un club que tenga su nombre y que nosotros mismos elijamos. El nombre que más les agrade.

Entonces comentamos entre nosotros, pero de manera sigilosa. En ese momento apareció Rufino, el mayor de los niños, preguntando:

—Pero ¿de qué manera podemos formar un club?

Ante la inquietud de los muchachos, el señor Emiliano Espichán contestó:

—Qué les parece si el viernes a las 7 de la noche nos reunimos todos los presentes hoy. También pueden avisar a más niños que se encuentren ausentes en estos momentos, pero eso sí, sean puntuales para iniciar la reunión. ¿Les parece bien?

En golpe de voz casi uniforme contestamos:

—Sí, señor, el viernes a las 7 pm.

El señor Emiliano Espichán recalcó:

— Los espero entonces el viernes. Muchas gracias, niños. Prepárense para el viernes y desde ya pidan permiso a sus papás para que les autoricen. El tema es formar un club para ustedes.

Luego nos reunimos lejos de la casa del señor Emiliano Espichán para realizar algunos detalles. Era algo novedoso, al menos para nosotros, reunirnos los niños para una causa justa y necesaria. Nunca habíamos escuchado esa palabra «reunión».

Cuando llegué a casa, realicé mi aseo personal y cené; mamá tenía la comida lista. Esperé a que mi papá llegara de su trabajo para comunicarle sobre la citación para el viernes. Era un sábado, así que papá llegaría más temprano de lo habitual. Cuando llegó, con su ropa de marino todavía puesta, le comenté sobre el particular:

—Papá, buenas noches.

Él me respondió:

—Buenas noches, hijo. ¿Qué pasa? ¿Por qué todavía estás despierto?

Con un poco de temor, le contesté:

—Papá, el señor Emiliano, el vecino del frente de la casa, nos ha dicho que quiere formar un club con nosotros, los niños. Por eso nos recomendó pedir permiso para una reunión que se llevará a cabo el próximo viernes. ¿Me puedes dar permiso para asistir a esa reunión? —fueron mis primeras palabras, anticipándome a su autorización.

Mi papá pensó un momento y luego me contestó:

—Bien, hijo, está bien. Puedes ir ya que está al frente de la casa. Luego me comentas qué acuerdos han tomado.

Yo, emocionado, le contesté:

—Sí, gracias papá.

Rápidamente llegué a mi cama, con el nuevo pensamiento sobre lo que pasaría mañana y en el futuro. Uno de los requisitos para la reunión era pedir permiso a los padres, y yo lo cumplí. Me sentí muy emocionado por la buena predisposición de papá. No me dio ningún sermón o consejo como a veces solía suceder; más bien, su autorización contenía algo de satisfacción y seguridad, lleno de confianza. Lo noté así en mi papá, porque su palabra era ley en casa. Pocas veces conversábamos, ya que él madrugaba para ir a su trabajo en el Callao, y cuando regresaba a casa, ya nos encontraba dormidos, tanto a mí como a todos mis hermanitos. Solo los sábados o domingos era notoria su presencia en la casa. Cuando estaba de franco[10], venía a casa; si estaba de servicio, no venía.

Mi papá tenía una radio y escuchaba la transmisión de los partidos. Creo que allí nació su afición por Cristal. Cuando hacía goles el equipo de Cristal, mi papá lo celebraba con algarabía, y yo, que estaba cerca, seguía la celebración. Me llamaba la atención un jugador llamado Cosme Edice Vinha de Souza, pero simplemente Vinha. Era de Brasil y cuando el narrador mencionaba a Vinha, hablaba maravillas de él. Era un delantero extraordinario que se convirtió en el goleador del campeonato en el año 1972 y a la vez salió campeón. Su camiseta era de color azul, ahora es celeste. ¡FUERZA VENCEDORA! Me siento impresionado por aquellos días de mi niñez. Realmente fueron felices.

El domingo como siempre salíamos a jugar, ya había una pelota por lo menos disponible, se habían escogido los jugadores y, para acelerar, comenzaba el juego con la prontitud de jugar varios partidos, hasta que nos ganara el cansancio jajaja. Quizás sea el último juego a nuestra manera, porque venía el día de reunión que era el viernes. Terminamos el juego, recordamos que el viernes a las 7 p. m. había una reunión programada en casa del señor Emiliano Espichán.

Los días se hacían largos mientras esperábamos que llegara el viernes, procurando llevar una vida estudiantil lo mejor posible. Finalmente, llegó el momento indicado de la reunión, una fecha especial en nuestra corta edad. Apenas llegué del colegio, me alisté con la premura de un rayo y me puse ropa de calle. Como vivía frente a la casa del señor Emiliano, no había excusa para llegar tarde, así que estuve antes de la hora pactada. Luego empezaron a llegar los demás integrantes de nuestro equipo del barrio «Arena Alto». Después de casi cinco minutos de la hora indicada, se abrió la puerta y apareció la figura del señor Emiliano,

10 «Franco» término naval que indica que el miembro militar no está de servicio, por tanto, sujeto al libre tránsito.

quien con mucha cortesía nos saludó uno por uno según nuestra llegada:

—Buenas noches, niños. Pasen y siéntanse cómodos donde quieran.

Al ingresar, el recinto estaba preparado como para una convención internacional, con una mesa principal y sillas bien ordenadas, además de dos sofás grandes. ¡Qué elegancia! El ambiente nos llamó la atención; había varios recortes periodísticos con fotografías de Lolo Fernández.[11] Lolo vistió los colores patrios y también la crema de la U. Me sentí bien al estar en un lugar tan agradable como este.

El señor Emiliano nos dijo:

—Esperamos cinco minutos de tolerancia, sí.

Nosotros les contestamos:

—Sí.

Se culminó los cinco minutos de tolerancia y el señor Emiliano dijo:

—Buenas noches, niños, por esta vez vamos a tener la puerta abierta, porque la mayoría no sabe lo que significa la hora exacta. A los que van llegando, indíquenles que busquen una silla vacía y que se sienten sin hacer mucha bulla. La mayoría de ustedes me conoce, mi nombre es Emiliano Espichán, soy de la tierra de las uvas, Cañete, vengo de una familia de deportistas. Se habrán percatado de que allí está la foto de mi tío Lolo Fernández. En esta oportunidad vamos a tener una conversación. La razón por la que estamos reunidos es que he estado observando que juegan bien y les gusta este deporte. Ahora que han mejorado la pista, se presta para que realicen sus juegos. Vamos a organizarnos de tal manera que seamos un equipo competitivo y fuerte en esta zona,

---

11 Teodoro Fernández Meyzán, gran deportista peruano que jugó en la primera división del fútbol peruano. Defendió en toda su carrera deportiva sólo la camiseta de Universitario de Deportes (1913-1996)

y que con el buen entrenamiento se hagan la fama de excelentes jugadores. Ahora sí, cierren la puerta.

Vimos el rostro del señor Emiliano un poco ya serio y continuó hablando:

—Como ya estamos la mayoría de los jugadores que son de este sector, primero vamos a elegir un nombre para el club. Para esto, piensen en el nombre que les gustaría que tenga nuestro club. Habrá varias propuestas. Como ahora no contamos con un libro de actas, lo vamos a plasmar en un cuaderno. Cuando tengamos el libro de actas, lo pasaremos en limpio y yo también asumiré para dirigir la asamblea. Entonces, primero elegiremos el nombre. Por favor, levanten la mano y propongan un nombre para el club.

Hubo dos alternativas:

Primero: Deportivo Once Amigos

Segundo: Club Juventud Unida

El señor Emiliano Espichán indicó:

—Ahora vamos a votar. Como hay dos alternativas, cada jugador votará por uno de estos nombres. Iniciemos; el nombre con mayor número de votos será el ganador. Si hay un empate, yo votaré para desempatar. ¿Está claro, o hay alguna pregunta?

—Sí, está claro, señor Emiliano.

Comencemos la votación. Cada jugador dirá qué nombre le gusta y el señor Emiliano anotará en una hoja la votación. Terminada la votación, todos estábamos emocionados por conocer el nombre que tendría nuestro futuro club. El señor Emiliano le añadió un poco de drama y suspenso. Pero al final dijo:

—¡Felicitaciones, niños! El nombre de su equipo, que defenderán en cada partido que jueguen, es... Club Juventud Unida.

Al mencionar el nombre del club, saltamos de alegría y nos abrazamos en señal de aceptación del nombre de nuestro querido equipo. ¡Qué felicidad saber que jugaré por un club por primera vez! Lloré de emoción y muchos de nuestros amigos también se contagiaron de la emoción, llegando al punto de derramar algunas lágrimas, pero de alegría y emoción.

Luego, el señor Emiliano prosiguió con la asamblea:

—Creo que es un lindo nombre, así que deberán mantenerse unidos en todo momento. Ahora aprenderán a ser responsables, por ello vamos a formar la Junta Directiva del club. Como bien saben, yo les he estado observando estos últimos meses. Por lo tanto, he creído por conveniente nombrar a los siguientes jugadores: presidente Rufino, secretario Abilio, tesorero Edson, y prensa y propaganda Willy. Estos nombres mencionados tienen el deber de llevar por buen camino al equipo. Tomen con seriedad cada cargo que se les asigne. Si en algún momento no están cumpliendo su deber, en las asambleas siguientes podemos cambiarlos de sus cargos. Queremos respeto, puntualidad y pundonor dentro y fuera de la cancha. Seremos ejemplos en esta zona. Ustedes ya conocen al equipo del Carmen, es un equipo fuerte, pero preparándonos a conciencia y con ganas podemos vencerlos. ¿Alguna pregunta?

Rufino preguntó:

—¿Cómo vamos a prepararnos?

El señor Emiliano le contestó:

—Es una buena pregunta, primero; como tú ya fuiste nombrado como presidente, este lugar va a ser tu puesto en toda asamblea.

De pronto el señor Emiliano se levantó de la silla desde donde dirigía la asamblea y se la cedió a Rufino, un poco temeroso tomó el puesto, luego soltó una leve sonrisa como señal que le agradaba el cargo.

El señor Emiliano, ya desde otro ángulo siguió con la asamblea, dijo:

—A partir de mañana, que será nuestro primer día de entrenamiento, lo realizaremos en el nuevo campo deportivo destinado para actividades deportivas, el cual está a tres cuadras de aquí. Es un espacio muy amplio para practicar. ¿Cómo lo haremos? Elegiremos a dos de ustedes por semana para que se encarguen de llamar a cada uno. Sin embargo, deben saber de antemano que nuestro entrenamiento será de 6:00 a 8:00 a. m. Esto significa que estaremos saliendo a las 6 a. m. Debemos tener el compromiso de estar a la hora exacta en esta esquina, los entrenamientos serán todos los sábados, porque después de estar en buen estado físico y condiciones óptimos para una competencia buscaremos realizar las invitaciones a diferentes clubes para pactar un partido de fútbol. Secretario está anotando.

Me sorprendió cuando el señor Emiliano me indicó el lugar que debía ocupar en las asambleas. Mi función era tomar nota de todos los acuerdos tomados y luego pasarlos en limpio en el libro de actas. Era muy práctico en la toma de decisiones. Yo tenía que anotar a las personas encargadas de reunir a los jugadores. Se pidieron dos voluntarios y rápidamente se ofrecieron para el sábado. Entre la multitud surgió una inquietud:

—Señor Emiliano, ¿entonces usted será nuestro entrenador?

La sala se quedó en silencio total, la respuesta fue de manera segura y precisa:

—Sí, mis queridos niños, siempre fue mi vocación entrenar a aquellos que desean superarse. Con el tiempo, comprenderán lo gratificante que es participar en actividades como esta. Estar jubilado me brinda espacio y tiempo para combinar mi desarrollo personal con el servicio a la sociedad. Esta actividad la realizo por el amor que siento por este deporte. Mi deseo es que ustedes se conviertan en buenas personas y quizás el tiempo lo demostrará. Confío en ustedes, mis niños. También quiero que tengan presente que no voy a cobrar nada por realizar esta actividad. Todos los vecinos de esta zona de Arenal Alto son parte de mi familia.

¡Oh, qué bello gesto del señor Emiliano! Nosotros no podíamos defraudar esta valiosa ayuda que nos brinda. Reflexionando ahora, vino a mi memoria la palabra «entrenar». A mi edad, también estoy en un «entrenamiento de vida». Qué curioso, lo más importante es pertenecer a un grupo formidable como el «Grupo Cinco con Sabor a Ingenia» y toda la S74, y su sociedad en conjunto. ¿Qué está sucediendo con mi vida?

La hora de la asamblea llegó a su fin. Anoté los puntos más destacados: el nombre del club, la junta directiva y los nombres de las personas que tendrían la responsabilidad de reunir a todos los jugadores antes de las 6 a.m. Asimismo, el señor Emiliano nos recordó el compromiso de todos de llegar a la hora exacta. Mañana debe ser un excelente día. Nos abrazamos y salimos felices y contentos de la asamblea. El señor Emiliano también estaba feliz. Finalmente, dijo:

—Por favor, mañana a la hora indicada es nuestro primer día de entrenamiento. Duerman temprano para estar a tiempo. ¡Hasta mañana, muchachos!

Contestamos una vez más en coro:

—Hasta mañana, señor Emiliano.

Por allí salió una voz suave: «Hasta mañana, entrenador». ¿Quién podría ser? Como siempre, era Rufino otra vez.

Primer día de entrenamiento

Culminada la asamblea, regresé a casa. Lo primero que tuve que hacer fue preparar mi ropa deportiva, que ya estaba lavada, ya que el martes tengo educación física. Mis zapatillas y medias estaban listas para mañana. Nunca antes había practicado el deporte que tanto amo con un entrenador. Saber que la persona que me enseñará está justo frente a mi casa es un privilegio. Esta vez, le tocó a Percy y Willy ser los encargados de reunir a los muchachos. Muy emocionado, le avisé a mi mamá que mañana iré a mi primer día de entrenamiento a las 6 a. m. Susurré despacito a mi mamá: «Por favor, despiértame a las 5:20 a. m.». Ya me dijo que sí mi mamá.

Me acosté a las 9 p. m. Vamos a ver cómo funciona este entrenamiento de fútbol. Me levanté cerca de las 5:20 a. m. No fue necesario que mi mamá me despertara. Hice un pequeño aseo y salí al punto de reunión. Además, el lugar de encuentro estaba cerca. Poco a poco, los muchachos iban llegando hasta que completamos los catorce niños, listos para recibir las enseñanzas del entrenador, el señor Emiliano. Como él mencionó, una vez que estemos todos, le avisamos. Así que tocamos a su puerta:

—Señor Emiliano, ya estamos listos, el equipo completo está a la expectativa.

Al instante salió nuestro flamante entrenador, con su gorrita color azul, su silbato negro, sus zapatillas blancas y su buzo azul. Vaya, era un verdadero entrenador. Causó, al menos en mí, una gran sensación.

—Buenos días, muchachitos. Listo para este día, Vamos, quiero participación total.

Así comenzábamos este espectacular camino del entrenamiento de fútbol, con un entrenador longevo pero lleno de experiencias sensacionales. Todos nos contábamos las cosas que nos habían ocurrido desde el día anterior, primero con la asamblea extraordinaria del día anterior, y luego al ir caminando al estadio con pensamientos de rotundo éxito hasta entonces. Se notaba en cada rostro la enorme felicidad de participar en un evento de gran envergadura, solo por tener un entrenador que venía de la familia de Lolo Fernández, un ídolo nacional apodado El Cañonero. La historia cuenta que Lolo rompía las redes y era difícil imaginar cuántos arqueros habrán tenido que tapar un tiro de Lolo. Creo que nadie pudo atajar un tiro suyo. Fue campeón siete veces con su equipo de sus amores. Por su fama, el Club Colo Colo de Chile le ofreció un cheque en blanco a Lolo para que estampara su firma por el club sureño, pero su amor por la "U" lo llevó a rechazar tal oferta, convirtiéndose así en una leyenda para el club Universitario. Admiro profundamente a quienes aman un deporte, como nuestro flamante entrenador, que nos va a entrenar con el mismo cariño y sin costo alguno. ¡Qué gran lección de solidaridad nos da don Emiliano!

Ya estábamos llegando a la cancha, todos con una sonrisa de oreja a oreja, tan emocionados por entrar al campo. Pero ya en el terreno de juego, don Emiliano dijo:

—¡Bien, jovencitos! Este día es una fecha muy importante para ustedes, porque empezaremos a entrenar el deporte que amamos. Todos estamos aquí de manera voluntaria, ¡hasta yo! Vamos a organizarnos. Este entrenamiento va a consistir en tres puntos fundamentales: el físico, el técnico y el táctico. ¿Alguien tiene alguna pregunta hasta aquí?

Entre la multitud, surgió una voz y preguntó:

—¿Hasta qué hora vamos a entrenar, señor Emiliano?

El flamante entrenador contestó:

—Aproximadamente dos horas, desde la salida del punto de reunión y al finalizar el partido de práctica a las 8 am. Todas las ejecuciones de los trabajos serán con un toque del silbato. Ahora comenzamos con el estiramiento, ojo —al guía señaló.

Seguimos sus indicaciones por espacios de cinco minutos. Luego nos mandó realizar cinco vueltas alrededor de la cancha. Nos indicó que el trote fuera suave. Luego escuchamos un toque de silbato, lo cual significaba el término de la primera fase. Las cinco vueltas a la cancha nos hicieron sudar la gota gorda, si esto es el comienzo, ¿cómo terminaremos hoy al final del entrenamiento?, ya entiendo la recomendación de que el trote fuese suave, además nos dijo:

——Como es la primera vez que estamos entrenando, procuren hacer los ejercicios con calma sin apresurarse. Guíense por mis indicaciones para evitar cualquier desgaste físico extra. Queremos completar los ejercicios de tal manera que sus cuerpos se vayan adecuando; las exigencias serán de menos a más. Dentro de dos meses estaremos en un nivel competitivo y podremos jugar contra otros clubes.

A continuación, nos mandó a traer unas piedras a cada uno, indicándonos que fueran de tamaño regular, que pudiéramos coger con una mano y no demasiado grandes. Las piedras estaban disponibles al costado de la cancha, ya que allí se encontraba el cerro. Utilizamos estas piedras como conos, ¡qué visión tan ingeniosa por parte de nuestro entrenador! Colocamos dos hileras. Además, el entrenador nos instruyó para formar dos columnas detrás de las piedras. Luego realizamos movimientos con referencia a las piedras; siempre él realizaba una muestra del ejercicio y nosotros lo repetíamos con mucha disciplina. Esto era algo nuevo para nosotros, pero ejecutamos varias veces una variedad de ejercicios de juego para mejorar nuestra resistencia cardiovascular, la fuerza muscular y, finalmente, la flexibilidad motora de nuestro cuerpo. ¿Verdad que estoy aprendiendo mucho con este entrenamiento?

Luego nos mandó a descansar por breves minutos para entrar al siguiente ejercicio, la parte técnica. En aquellos tiempos no había la costumbre de llevar agua para los entrenamientos y, por supuesto, para calmar la sed que llega con los ejercicios.

Una vez que ya se cumplió con el descanso establecido, el señor Emiliano continuó con sus quehaceres y nos dijo:

—Ya descansaron, ¿cómo se sienten, jovencitos?

Y todos, a una sola voz, contestamos, rebosantes de felicidad y contentos. Prosiguió el señor Emiliano. Con la seriedad del caso, nos mandó a traer las pelotas que estaban en el centro de la cancha. Solamente contábamos con cuatro balones, entre buenos y malos, pero había uno de cuero que, si te caía en cualquier parte del cuerpo, te dejaba la marca y el dolor encima. ¡Para qué te cuento, mamita! Cuando los balones ya estaban listos, el señor Emiliano nos indicaba:

—Este ejercicio es entre dos, así que ubíquense uno frente al otro, los cuatro parejos. Primero usarán el balón, luego las siguientes parejas. Listo, primero vamos a aprender la capacidad de «parar» el balón.

Llamó a Willy, lo conocía por su dominio del balón, y dijo:

—Willy, tú vas a entregar el balón a una altura determinada para que yo lo pare. Intenta entregarlo de manera complicada.

Willy le contestó emocionado:

—¡Bien, profesor!

Al instante, al toque del silbato, Willy entregaba el balón, pero ¡qué maravilla cómo lo «paraba» el balón! Como decimos en términos futbolísticos, lo hacía «en seco». Hizo varias modalidades de parar el balón, es decir, de diferentes formas. Me sentí maravillado por las técnicas que maneja nuestro maestro con el dominio del balón, a pesar de su edad. «Algún día seré como mi maestro», me decía como soñando. Luego de la lección, nos indicó a los cuatro primeros con su respectivo balón. Como entenderán, no podíamos hacer esta lección a la perfección, pero con mucho esfuerzo, completábamos los ejercicios.

Del mismo modo nos indicó la otra capacidad de «arrancar», igual lo ensayó con Willy, luego lo realizamos nosotros. También la siguiente capacidad de «cortar», el mismo método lo ensayó con Willy, luego el resto del equipo. Finalmente, la capacidad de «correr con el balón». La misma figura que los demás ejercicios. Qué bien me sentía al aprender todas esas técnicas. Sé que nos iba a costar sacrificio dominar el balón.

Nuevamente tocó el silbato para señalar el término de los ejercicios, y nuestro maestro dijo:

—Ahora viene la parte final del entrenamiento, que es la «táctica». Aquí yo voy a escoger dos equipos para realizar esta lección, y a cada uno les voy a indicar sus puestos donde deben jugar. Esto es un ensayo, poco a poco vamos buscando el puesto ideal de cada uno de ustedes.

Luego de escoger los dos equipos, nuestro querido entrenador nos indicó las funciones de cada puesto (arquero, defensa, volante y delantero). Uno más para mi libro: antes correteábamos casi todos detrás del balón, ese día nos enseñó la forma adecuada y correcta de jugar un partido de fútbol, aplicamos la «táctica». Enorme, maestro Emiliano, se las sabía todas y nosotros agradecidos por todas sus enseñanzas. Luego vio su reloj y dijo:

—Este día vamos a jugar quince minutos cada tiempo, ¿está claro?

Los muchachos con la cara sucia respondemos:

—Sí, señor Emiliano.

Primero retiramos nuestros conos, que por el momento fueron reemplazados por piedras. Como este terreno solo fue aplanado en dos sectores, no teníamos arcos, así que nosotros automáticamente colocábamos dos piedras para formar el arco y trazábamos una línea imaginaria en el terreno como nuestra cancha deportiva. Iniciamos así el juego con las indicaciones de nuestro gran entrenador Emiliano, quien siempre corregía algunas deficiencias en el juego. Luego tocó el silbato, señalando la culminación de todo el entrenamiento de ese día y, a su vez, el término del segundo tiempo.

Nos llamó a todos y nos dijo:

—Los felicito por todo su entusiasmo puesto de manifiesto en este primer día de entrenamiento. A medida que vamos entrenando cada día, tendremos que mejorar en bien del equipo. No falten para el próximo sábado, ya saben que el viernes es nuestra reunión. Ahora nos dirigimos a casa.

Extenuados pero contentos, nos dirigimos a casa. En el trayecto comentábamos lo lindo y agradable que vivimos este primer día de entrenamiento. Fue fenomenal contar por primera vez en mi vida con un entrenador de verdad. Nos dimos cuenta de su profesionalismo, carisma y personalidad, lo valioso que es como persona nuestro querido maestro, guía y conductor. Gracias, señor Emiliano.

Cuando llegué a casa, mi mamá se sorprendió y me hizo la pregunta de rigor:

—¿Qué pasó, hijo? Vienes con esa sonrisa, nunca te había notado de esa manera. Cámbiate y haz tu aseo personal. Tú nomás faltas, toma tu desayuno.

Le contesté con mucha alegría:

—Hoy fue el día más lindo de mi vida, mamá. Hemos tenido el entrenamiento de fútbol y nos ha dirigido el vecino Emiliano. Gracias, mamá, por guardar mi rico alimento. Estoy con tanta hambre, como si fuera llenador de techo.

Solté una suave sonrisa al notar el semblante feliz de mi mamá. Porque si no mencionaba el nombre del maestro Emiliano, ya me hubiera caído una corrección con el látigo de tres puntas. En aquellos días, no había el derecho del niño que ahora gozan los niños del presente.

Terminé de tomar mi desayuno y me preparé para ir al mercado para realizar las compras con mi mamá en el mercado «San Francisco». Pues esa era mi responsabilidad por ser el mayor de los hermanos. ¡Qué tarea dura y feliz a la vez! Hasta el próximo viernes.

Le ganamos al gallo

Cada entrenamiento nos iba formando más competitivos, fuertes, espectaculares, tenaces y, por supuesto, prudentes en las canchas. Pero aquí hay un detalle muy importante: los viernes, en nuestra asamblea, se trataba el tema de cómo marchaba el club, y además se discutía el compromiso de los dos muchachitos encargados de despertar y llamar para ir al entrenamiento antes de las 6 a. m.

Esta tarea era de enorme responsabilidad, como lo mencionaba nuestro querido maestro Emiliano, ya que el éxito del entrenamiento dependía de estos dos elegidos. El señor Emiliano no solo nos enseñaba fútbol, sino que también inculcaba principios y valores que debíamos aplicar en nuestra vida diaria, como el respeto, el trabajo en equipo, la responsabilidad, la puntualidad, la solidaridad, la compasión y la generosidad.

En uno de esos días me tocó ser parte de esa comitiva de avisar a los compañeros para el entrenamiento. Lo tomé muy en serio. Cuando me acosté el viernes después de la Asamblea, me preparé para levantarme temprano. Decía entre mí: «Y mi otro compañero era Rufino, él vivía a tres casas de distancia». Así que la regla entre los dos era que el que despertara primero iba a buscar al otro compañero.

Al día siguiente, cabe señalar, era sábado. Me desperté, creo que por inercia. Al abrir los ojos, me cambié al instante. Mi papá no estaba en casa porque estaba de servicio en su dependencia.[12] No veía la hora de salir a cumplir con mi misión. Fui

12 Unidad o dependencia: término naval que indica que es un buque o una repartición del Estado que en su conjunto forman un cuartel naval.

inmediatamente a la casa de Rufino, lo desperté y nos dirigimos a la casa de Willy. Su casa era la más lejana de todos los muchachos.

Pero ocurrió algo curioso. Cuando tocamos la puerta de la casa de Willy, salió su papá con una mirada medio molesta y nos dijo:

—Muchachitos, ¿saben qué hora es? Recién van a ser las cuatro de la mañana. Vayan a descansar. Según tengo entendido, su entrenamiento es a las 6 a. m.

Le contestamos algo temerosos y taciturnos:

—Sí, señor. Disculpe, no corroboramos la hora. Se nos pasó. No volverá a pasar esta situación.

Regresamos a la esquina del movimiento. Ya no podíamos entrar a nuestras casas. Narramos lo sucedido sin reloj, hablamos temas como cómo nos estamos preparando y también sobre lo maravilloso que es el señor Emiliano por brindarnos sus valiosos tiempos. Después, luego de media hora, se escuchó el canto del gallo de la vecindad y Rufino, siempre bromista, dijo:

—Abilio, le ganamos al gallo. ¡Rompemos récord! Jajaja.

Después del canto del gallo, comenzaron a bajar los comerciantes del mercado para ir a la Parada a realizar sus compras respectivas, como los productos para la venta al público. Pero todavía no teníamos la hora exacta, así que esperamos el momento apropiado para preguntar a una persona conocida del barrio qué hora era. En eso, a lo lejos, se aparece el papá de Eduardo y con la cortesía que nos enseñó don Emiliano, le preguntamos a don Miguel:

—Buenos días, señor Miguel. Por favor, ¿nos puede decir qué hora es?

El vecino, con una sonrisa, nos respondió:

—Son las 4:46 a. m. Jovencitos, ¿por qué están despiertos tan temprano?

El vivaracho de Rufino le contestó sonriendo:

—Don Miguel, es que hoy tenemos nuestro día de entrenamiento, me refiero a todos los muchachos del Club Juventud Unida.

El vecino continuó esta pequeña conversación:

—Qué bien, seguro que también van a despertar a Eduardo.

Y yo le contesté:

—Claro, él es nuestro mejor defensa, y no podría faltar en el equipo ideal. Se parece a Héctor Chumpitaz —abogando por mi amigo Eduardo.

Y el señor Miguel continuó su camino diciendo estas palabras:

—Hasta luego, muchachitos. Tendré en cuenta sus referencias.

El señor Emiliano nos advirtió que teníamos que saber el nombre de los padres de todos los jugadores y de sus mascotas por algún incidente que puede suceder en esa labor encomendada. Al primer ladrido de los canes, ya sabíamos sus nombres. Les llamábamos por sus nombres y se volvían dóciles, moviendo sus colitas. Rufino les decía:

—Tú también quieres entrenar, jajaja.

Calculamos los treinta minutos aproximados, ya que el horario para despertar a los jugadores era a las 5:15 a. m. Arrancamos ya seguros con la hora exacta. El temor se presentó en la casa de Willy, por el pequeño incidente que horas antes había sucedido. Le dije a Rufino:

—Yo tocaré esta puerta.

Toqué la puerta con un poco de miedo, y a los pocos segundos asomó a la ventana la mamá de Willy.

—Buenos días, señora Dora. Por favor, ¿puede avisarle a Willy que hoy tenemos entrenamiento? Lo esperamos en la casa de nuestro entrenador, el señor Emiliano. Él ya sabe la hora de reunión. Gracias.

De esta manera fuimos tocando cada puerta de nuestros compañeros, hasta completar el total de los jugadores, para luego dirigirnos a la cancha principal. Realizar esta rutina era importante para todos, ya que debíamos hacerlo secuencialmente para que repercutiera en un óptimo entrenamiento del equipo «Amigos Juventud Unida».

También hubo algunos pasajes de amor. El primer despertar del amor ocurrió con César, quien tenía una hermanita menor llamada Esther. Me impactó la actitud de Carlos cuando, en una de las veces que nos tocó realizar el trabajo de despertar, llegamos a la casa de César. Justo en ese momento, a mí me correspondía tocar la puerta, pero de manera muy extraña, Carlos me dijo:

—Abilio, por favor, yo voy a tocar esta puerta.

Ante este pedido un poco inusual, acepté la súplica. Solo atiné a decir:

—Cómo no, Carlos, adelante.

Para mi asombro, abrió la puerta Esther, ella con una sonrisa coqueta le dijo:

—Sí.

Carlos se quedó con un nudo en la garganta, pero reaccionó rápidamente y le contestó:

—Por favor, ¿puedes decirle a César que hoy tenemos entrenamiento?

Se notaba en su lenguaje de expresión que había química entre ambos, y Esther le dijo:

—Está bien, voy a comunicarle a mi hermano. Chauuu.

Cuando Esther cerró la puerta, Carlos saltó de alegría con los brazos en alto, como símbolo de victoria. Interiormente decía, «¿Qué pasa? ¿Por qué esta actitud tan jovial de Carlos?». Cosas del amor. Se cumple el dicho «el amor tocó su corazón». Qué fantástico es enamorarse.

Igualmente, había un suceso muy complicado en este trabajo de despertar a los muchachos: eran las mascotas bravas. José tenía su mascota llamada Boby, era terrible, no nos permitía aproximarnos a su casa. Aquí usábamos el grito de guerra, con una voz fuerte decíamos:

—¡Joseeeeé, Joseeeé, Joseeeé!

Ya cuando asomaba por la ventana, le indicábamos la hora de ir a entrenar. En esta vida, todo tiene solución.

Búsqueda de un padrino para el club

Han pasado casi dos meses en este entrenamiento, y hemos logrado un nivel óptimo cada uno de los jugadores. Creemos que estamos ya en condiciones de realizar un partido efectivo, pero uno de los problemas más relevantes era con qué camiseta íbamos a jugar, algo que nos identificara como club. Ya habíamos tratado en una reunión pasada del viernes el hecho de que la mayoría de los jugadores no contaban con recursos para comprar un juego de camisetas. El señor Emiliano nos manifestó que había una alternativa de conseguir un juego de camisetas mediante una donación de un amigo suyo que era Capitán de la Guardia Civil. Así que los muchachos estábamos orando para que este pedido se cumpliera. También buscábamos por nuestros medios, pero no conseguíamos nada.

En la reunión del viernes, el primer tema fue «las camisetas». El señor Emiliano nos trajo una respuesta positiva y se dirigió a la magna asamblea con estas palabras:

—Aquí traigo una noticia que les va a llenar de felicidad. He hablado con mi amigo Luis, que es un Oficial de la Guardia Civil, y me ha aceptado ser el padrino de nuestro Club. Por lo cual, necesitamos hacer un oficio dirigido a él para la formalidad del caso. Abilio, ¿has hecho alguna vez un oficio? —fue la pregunta que se me hizo.

Le contesté:

—Señor Emiliano, nunca he redactado ningún oficio. He escuchado sobre ellos, pero no he redactado ninguno.

El señor Emiliano dijo:

—Correcto, Abilio. Tan pronto como termine la asamblea, nos quedamos Rufino y tú para hacer un borrador del oficio.

Como lo mencionó el señor Emiliano, la asamblea terminó un poco antes de lo habitual. Cuando la mayoría de los jugadores se retiraron, comenzó la exposición de nuestro maestro Emiliano.

—Bien, muchachos, el éxito de este oficio va a depender en gran medida de que el Señor Luis confirme lo dicho de manera verbal. Así que manos a la obra, vamos a pensar cómo podemos tocar su corazón. Además, Abilio, necesitas estar listo para manejar la escritura. Te pedimos que hagas el mayor esfuerzo posible para lograr una escritura limpia y una buena ortografía. Sabemos que tienes una buena letra, pero puedes hacerlo de manera sobresaliente. Mientras tanto, yo buscaré entre mis papeles un modelo de oficio. Confiamos en poder lograr nuestros objetivos.

El señor Emiliano ya me ha encomendado un trabajo de mucha responsabilidad. Es un reto, pero pensando bien, es justo y necesario dar lo mejor de uno mismo para el beneficio de nuestro querido club en formación. Me imaginaba que unos días de entrenamiento serían suficientes, pero había obviado aspectos como las camisetas, el estado atlético de cada jugador, y las técnicas y tácticas que se deben plasmar en el campo. Veía cómo estaba cambiando mi vida, ya que cada acto dentro del club era un medio de superación. Esto complementaba la emoción, el físico y todos los requerimientos que debía tener para defender los colores del club. Poco a poco, empezamos a pensar de manera distinta y a sentirnos como un equipo. Luego vino a mi mente cómo elaborar un documento que impactara al señor Luis, nuestro futuro «Padrino».

Apareció el señor Emiliano con una hoja escrita, nos reunió y exclamó:

—Por fin ubiqué un documento algo semejante para elaborar nuestro oficio. Nos sentamos, Abilio, por favor ten a mano una hoja en blanco y tu lapicero. Y me puse a redactar...

Comenzamos la elaboración del oficio con los encabezamientos y las partes formales correspondientes, seguidas por el cuerpo de este, es decir, la forma y el fondo de nuestra solicitud. Hicimos varios borradores y al final surgió lo mejor de nuestras ideas. Es verdad que cuando se trabaja en equipo, las ideas fluyen con facilidad y se obtiene un éxito rotundo. El señor Emiliano me señaló y me entregó el borrador ganador de las ideas, que resultó soberbio para el oficio que debíamos entregar al señor Luis. Traté de concentrarme y poner una letra clara y legible. Finalmente, terminé el oficio y me senté feliz por cumplir una parte de la misión. Los retos nos hacen crecer de forma significativa, como se dice: la práctica hace la perfección. Luego le mostré el documento al señor Emiliano y le dije:

—Señor Emiliano, el oficio por mi parte está listo. Solo faltan las firmas y su posterior entrega al destinatario.

El señor Emiliano cogió el documento, lo leyó de arriba hacia abajo y viceversa, haciendo movimientos de aceptación con su rostro, lo cual me dejó rebosante de alegría al obtener su visto bueno peculiar. Culminó diciéndome:

—Veo que te has esforzado, Abilio. Felicitaciones al equipo de trabajo. Firmen los dos el documento en el lugar que les corresponde. Luego haz una copia para nuestro archivo. En el transcurso de la semana, lo haré llegar al señor Capitán de la Guardia Civil.

Culminé haciendo la copia y escribiendo la dirección en el sobre. Luego entregué todo al señor Emiliano, y todos sonreíamos con un ánimo de felicidad. Confieso que escribir a mano es una tarea muy difícil. Basta con escribir una letra mal y teníamos que volver a realizarlo en otra hoja. También podríamos haberlo hecho con una máquina de escribir, pero en la vecindad no teníamos ese tipo de aparato. La máquina de escribir facilitaba hacer copias con papel carbón, una idéntica al original. ¡Cómo ha avanzado la tecnología hoy en día! Con una computadora puedes escribir y el software automáticamente te corrige, ahorrando tiempo y material. Qué tiempos aquellos en los que nos hacía falta la tecnología de punta.

Decíamos también cuánto tiempo se esperará por la respuesta afirmativa sobre nuestra solicitud. Tenemos que estar atentos a esa respuesta que tanto deseamos, cumplir el sueño de contar por primera vez con una camiseta propia. En aquellos tiempos, las camisetas solo se confeccionaban en telas de algodón, lo que hacía complicado obtener los diseños y colores de hoy en día, que son muy llamativos y vistosos. Sin embargo, también se podría optar por una camiseta sublimada y con bordados, que son una excelente prenda deportiva.

El viernes siguiente, en la asamblea, todos estábamos inquietos por la respuesta del señor Luis. Como de costumbre, el señor Emiliano nos abrió la puerta de su casa para llevar a cabo la reunión. Le ofrecimos nuestros saludos con respeto al entrenador y maestro Emiliano, y nos sentamos en los lugares ya definidos por las responsabilidades dentro del club. El señor Emiliano tomó la palabra:

—Buenas noches a todos los integrantes del Club Juventud Unida. Me acompaña una emoción enorme al informarles que nuestra solicitud fue aceptada. Además, le pedí a su esposa que sea nuestra madrina, y justo estaban los dos juntos. Ella aceptó amablemente ser la madrina e indicó que nos donaría un balón.

Antes de que terminara la frase, saltamos de alegría y nos abrazamos todos los integrantes de nuestro naciente Club Juventud Unida. Los vecinos aledaños nos veían con mucha sorpresa y comentaban cómo estábamos avanzando en nuestra preparación con mucha disciplina y responsabilidad. Era algo que ellos no podían disfrutar, no teniendo un entrenador de la categoría del señor Emiliano. Resaltamos la valía de persona que es, así como su grandeza en generosidad, solidaridad y disciplina. Todas esas cualidades sobresalientes con las que cuenta el señor Emiliano. También estamos aprendiendo, y somos afortunados de contar con un vecino tan bondadoso. Nuestros padres lo aprecian mucho por el loable trabajo que realiza por todos los jóvenes del barrio.

Una vez calmado del jolgorio por la estupenda noticia que llegó al Club, nuevamente tomó la palabra nuestro querido maestro:

—Ahora queda en nosotros decidir cuándo bautizamos las camisetas. Por esta razón, debemos intensificar los entrenamientos y tener ya el equipo base. Por favor, hagan el compromiso de dar lo mejor de ustedes en la cancha, porque el señor Luis indicó que quiere estar presente el día que se van a utilizar las camisetas por primera vez, junto con el balón. Sería una alegría para él que ganemos ese partido contra el rival de turno. Estoy pensando que esto podría ocurrir dentro de tres semanas. Previo a eso, enviaremos un oficio al equipo de los Halcones después de haber estudiado su juego. Para entonces, estaremos capacitados para ganar si nos esforzamos al máximo en las próximas dos semanas. Ya tengo en mente mi equipo base para enfrentar al rival. Les indicaré a cada uno de ustedes dónde deben mejorar, y espero una respuesta positiva en la cancha. A partir de ahora, utilizaremos el tiempo necesario en un partido oficial durante los entrenamientos, para acostumbrarnos y no ser sorprendidos en un partido real. También sugiero que, si tienen tiempo fuera del entrenamiento, apliquen lo aprendido para mejorar su condición atlética y física. ¿Estamos de acuerdo, muchachos?

Todos contestamos con una voz firme y decidida:

—Sí, señor Emiliano.

Después de escuchar nuestra decisión y recibir nuestro apoyo con el compromiso de redoblar nuestros entrenamientos, el señor Emiliano dijo:

—Queremos honrar a nuestro padrino y madrina, porque ese día nos entregarán las camisetas y el balón. Así que muchachos, la victoria está en nuestras manos. Es nuestro compromiso oficial. Se cierra la asamblea por hoy.

Se observaba en cada rostro de mis amigos la firme convicción y el compromiso responsable de que en tres semanas nuestro equipo Club Juventud Unida debutaría definitivamente contra el equipo de los Halcones. ¡Qué emoción se sentía!

El día esperado

El día esperado por todos los muchachos del recién fundado Club Juventud Unida finalmente llegó. Era un día lleno de emociones intensas, especialmente para mí. Había esperado esta fecha espectacular con ansias, casi no había dormido porque en nuestro último entrenamiento táctico, previo al encuentro contra los Halcones, cada jugador recibió su posición. Nos habíamos ganado nuestras posiciones a base de pundonor, esfuerzo y disciplina. Lloré de emoción cuando me asignaron la camiseta con el número 7, como volante de contención. Este número era el mismo que usaba mi jugador favorito, Alfredo Quesada, el pulmón del equipo de mis amores, Sporting Cristal. Él corría toda la cancha, tanto en Cristal como en la selección peruana. ¿Cómo no iba a correr yo, si mis pulmones estaban hechos en mi tierra natal de Andamarca, famosa por sus andenerías, solo superada por Machu Picchu? Recuerdo las largas travesías acompañando a mi querido abuelito Aquilino, que me llevaba a cualquier tarea en las chacras porque era el nieto predilecto de su última hija, mi mamá Lucila. Por aquel entonces, mi papá ya estaba trabajando en Lima. El abuelo me cuidaba mucho y me quería mucho. Yo era su amuleto. Imaginarme ahora, cuando recorro el camino, veo cuánto he caminado. Por esa razón, pocas veces me cansaba jugando. Ya más joven, en mi nueva casa de San Germán, mis amigos me llamaban «JJ Muñante», ¿habrían notado mis dotes atléticos? El jugador más veloz del fútbol peruano. ¡Qué lindos recuerdos de mi infancia!

En la charla técnica que nos dio el sábado, también nos ha impactado nuestro esplendido entrenador indicando a los capitanes que tiene el equipo:

Primero, el capitán de la cancha es el encargado de verificar el estado del campo deportivo.

Segundo, el capitán de balón es el encargado de verificar el buen estado del balón.

Y, finalmente, el capitán del equipo, que porta la cinta de capitán, es el líder del equipo y está a cargo de todo lo que ocurre dentro del campo. Su voz y su don de mando son dignamente respetados por los jugadores. En este caso, Rufino se ganó el puesto.

El partido estaba programado para las 11 a. m. en el campo deportivo del Colegio Túpac Amaru menores, que se ubicaba a cinco cuadras de nuestras casas. Como siempre, el punto de reunión era en la casa del señor Emiliano. Él ya nos había indicado que debíamos llevar un short blanco y medias blancas, ya que el padrino se había comprometido únicamente a obsequiar las camisetas.

Aproximadamente a las 10 a. m., todos los jugadores estábamos listos. Hasta ese momento, no nos habían informado de qué color serían las camisetas que nos iban a donar, lo cual era una incógnita para nosotros. El señor Emiliano nos reunió y nos comunicó:

—Buenos días, queridos niños. Como les mencioné ayer, hoy nos toca jugar un partido de suma importancia, ya que es nuestro primer partido oficial. Además, estrenaremos la nueva piel que tendrán que defender con todo lo que hemos aprendido en los días de entrenamiento. Nuestra meta es ganar, el triunfo es nuestro porque todos hemos decidido dar lo mejor de nosotros. Entren a la cancha con la confianza de que son mejores que nuestro oponente debido a la preparación de estos más de dos meses. Estamos listos para mostrar cada uno nuestro brillo. ¡Vamos por la primera victoria!

Al ver las caras de mis amigos con esas sonrisas a flor de labio, nos contagiábamos, estábamos como en el colegio a la hora del recreo. Caminábamos rumbo al campo deportivo, algunos padres nos acompañaban. Era un domingo del mes de julio. Llegamos al campo y, para nuestra sorpresa, había un señor y su esposa con unos paquetes en la mano.

El señor Emiliano se aproximó, los saludó y se dieron un abrazo fervoroso. Luego nos presentó:

—Queridos niños, aquí está su padrino Luis y su esposa.

El momento más protocolar llegó cuando uno por uno fuimos dando nuestros saludos a nuestro padrino y madrina. Una vez culminados los saludos, el padrino tomó la palabra:

—Buenos días, estimados y queridos jugadores de este admirable equipo. Por lo que me cuenta Emiliano, ustedes están listos para defender estos colores que he traído, para defenderlo con su espíritu de lucha y todo lo que mi amigo Emiliano ha volcado en ustedes.

Para la entrega de las camisetas, el señor Emiliano le entregó la lista de los once jugadores titulares, comenzando con el arquero y siguiendo en orden. Pero lo más emocionante fue el color de la camiseta... ¡granate! El color del equipo que estaba en la cima en esos tiempos, Defensor Lima, conocidos como los «Cara Sucias».[13] Este equipo profesional del fútbol peruano estaba reforzado con jugadores argentinos de primer nivel, incluyendo a José Fernández, Carlos Burella como arquero, Antonio Trigueros, Julio Meléndez, Pedro Gonzales, Rodulfo Manzo, Teodoro Wuchi, Pedro Alexis Gonzales, Raúl Párraga, Miguel Ángel Tojo y Miguel Ángel Converti. Nos dimos cuenta de que eran cañetanos, familiares de José Fernández. Todos estábamos contentos con nuestras nuevas camisetas, y yo con mi número «7», feliz además porque era el número que me gustaba. Hasta

13 Así se les llamaba a los jugadores del equipo Atlético Defensor Lima; existen dos versiones: unos los llamaban así porque su juego era pericotero y pícaro, lo cual encantaba a la gente, y la segunda versión dice que en algún momento vinieron jugadores argentinos y uruguayos que jugaban sin afeitarse y daban la impresión de estar sucios, de ahí el apelativo.

ahora me recuerda este número con el nacimiento de primer hijo Luis, quien nació un 7 de marzo.

Se aproxima la hora cero y los nervios se hacen presentes. El maestro Emiliano nos indicó hacer un poco de calentamiento y estiramiento antes de ingresar al campo. El equipo oponente también realizaba maniobras similares a las nuestras. Los capitanes verificaban sus respectivos roles.

Llegada la hora, el árbitro ingresó al campo y casi de inmediato tocó su silbato. Los capitanes de cada equipo se dirigieron al centro del campo para recibir las indicaciones sobre las reglas de juego. En el sorteo de cancha, los Halcones resultaron ganadores, pero nosotros obtuvimos el saque inicial. Por cábala, deberíamos ganar el partido. Más confiados que nunca, nos abrazamos en el campo con el lema «Sí podemos», «Somos los mejores, Club Juventud Unida, ¡ra ra ra!».

La tribuna no estaba llena de espectadores, pero sí había un grupo reducido de entusiastas y apasionados que nos apoyaban desde afuera. Se escuchaban claramente sus arengas. Qué impresionante era estar dentro del campo con nuestra nueva camiseta y debutar por primera vez en un partido oficial, con todas sus normas y reglamentos. Era el momento de poner en práctica todo lo que habíamos absorbido de las enseñanzas del maestro y vecino señor Emiliano.

Hasta ahora no logro entender cómo se hizo la gestión para jugar en este campo deportivo del colegio, y lo más extraño era que fuese un domingo. Reflexionando al respecto, esta gestión también debe ser obra del trabajo silencioso y asombroso de nuestro padrino, quien es miembro de la prestigiosa Guardia Civil del Perú. Sabemos que cuando ellos organizan cualquier evento, lo hacen con una planificación previa que se nota a la distancia. Este episodio está organizado correctamente, y es gracias a la intervención del padrino Luis. Realmente, es una fortuna rodearnos de personas grandiosas y magníficas que hacen nuestra vida maravillosa.

Toca el árbitro dando inicio a este magno encuentro. Willy, nuestra carta de gol y un zurdo extraordinario, toca el balón. Tenemos fe en sus jugadas, confiamos en que nos puede llevar a la victoria. Aplicamos lo enseñado por nuestro entrenador: Willy retrocede un poco para permitir que el equipo contrario nos dé un espacio más claro para atacar. Acompañando al ataque, subo y me llega el balón. Qué experiencia tan maravillosa pasa por mi mente: el primer toque y acariciar el balón con mis zapatillas blancas marca Tigre. En aquellos tiempos, tener unas Tigre era sinónimo de tener unas Adidas de hoy en día. Estas zapatillas tienen su historia: mi papá se fue de viaje al extranjero a bordo del BAP «Independencia». A su retorno, mi mamá me había comentado que colaboré eficientemente en la casa como hermano mayor. Como premio por esa diligencia sobresaliente, me preguntó qué regalo me gustaría recibir. Yo ansiaba tener unas zapatillas Tigre, pero eran un poco costosas y con fe me atreví a decirle: «unas zapatillas Tigre». Con una sonrisa de aprobación, aceptó el pedido. Cuando me las entregó, las recibí con una tremenda alegría. Se hizo realidad uno de mis tantos sueños de tener en esa ocasión las famosas zapatillas Tigre.

Es el momento de plasmar por primera vez lo aprendido de mi majestuoso maestro Emiliano. Como nos decía, al dar el pase tenemos que estar bien concentrados y con la cabeza en alto, visualizando al compañero más libre. Vi a Rufino desmarcado, pegué al balón con la fuerza necesaria y realicé un pase espectacular que llegó lo más próximo a sus pies. Creo que realicé el cálculo matemático de Pitágoras. ¡Qué soberbio pase! Agradezco a mi maestro y entrenador Emiliano por todas sus enseñanzas.

El partido fue duro y parejo. Cada jugador se esforzaba por cumplir la misión al más alto nivel. En cada salida del balón, nuestro entrenador nos recordaba cómo jugar y qué tácticas emplear. Fue una experiencia grandiosa en la vida, disfruté enormemente ese día.

El árbitro tocó el silbato, señalizando el final del primer tiempo. Teníamos un descanso de diez minutos. Fuimos rápidamente hacia la zona de nuestro entrenador y nuestros padrinos. El señor Emiliano nos felicitó por nuestra labor en la cancha:

—Bien, muchachos. Sabíamos que el rival era fuerte y estamos respondiendo al nivel de las circunstancias. He visto que el ataque por el sector derecho no está funcionando. Vamos a jugar más con Willy por el lado izquierdo. Willy, primer balón que llegue a tus pies, prueba al arco. El arquero contrario no es muy seguro con el balón. Rufino, siempre desmarcándote dentro del área chica, si hay un rebote, finaliza con tu potente pierna.

Así, Don Emiliano fue recomendando a cada jugador lo mejor para lograr el ansiado triunfo. Yo tampoco me salvé de las recomendaciones del maestro. Me orientó:

—Abilio, avanza un poco más, apoya en el ataque. Tú puedes regresar rápido y contener el ataque del adversario. Tú eres el pulmón del equipo, no puedes fallar. Piensa que estamos entrenando, nada más, y realiza tus juegos como si fuera una práctica en nuestro entrenamiento de rutina.

¡Qué alivio siempre recibir una palabra de aliento! Era gratificante y un honor que las palabras vinieran de un entrenador y le contesté:

—Gracias, señor Emiliano, por sus sabios consejos. ¡Voy por más!

Ya un poco más calmado y con todas las instrucciones recibidas, vamos a romper la paridad, más motivados que nunca. En este descanso, todos nos unimos para lograr la unidad del club y adueñarnos de la victoria. Terminó el descanso y el señor árbitro tocó su silbato para que los jugadores ingresaran al campo. El último consejo del padrino fue:

—Escuchen, jovencitos de este querido Club Juventud Unida: quiero que salgan a la cancha con ese espíritu de lucha y la fortaleza enorme que existe en cada corazón de ustedes. Recuerden que todos los días de sus entrenamientos no serán en vano;

apliquen lo aprendido durante este período. Pongan la garra en cada jugada que tengan, busquen siempre ganar, utilicen su habilidad y destreza para obtener el gol, pues ese gol nos llevará a la gloria. ¡Vamos, mis caritas sucias!»

Entramos al campo para el segundo tiempo, la consigna era el triunfo. Todos nos comprometimos; los diez primeros minutos teníamos que ahogarlos con la presión y un ataque letal por la izquierda. El señor árbitro tocó su silbato, señal de inicio del segundo período de este histórico cotejo. Ellos sacaban por regla; comenzó a rodar el balón y al instante fuimos con todo. No los dejamos pensar, bloqueamos sus ataques y tuvieron que retroceder. Seguimos apretando y tuvimos más tiempo el balón. Ahora ya nos afianzamos con nuestro juego clásico, que nos inculcó el entrenador. Vimos cómo a los Halcones les pasaba la factura el físico, lo cual nos favorecía en nuestro desempeño.

Por mi sector, a veces actuaba como el legendario Eloy Campos, el marcador de punta del Cristal. Me barría con todo con tal de que no pasaran ni el balón ni el jugador. También recibí mi regalo, pero el dolor no me detenía; seguía adelante. Ya a los quince minutos de juego ocurrió esa cosa del fútbol. Tanto habíamos atacado como siempre. Nuestro creador, el zurdo Willy, se lleva a dos y envía un centro. El arquero despeja a medias. Miren a Rufino cuando el balón cae cerca de sus pies. Él hace un esfuerzo máximo para tocar el balón cerca del travesaño, ingresando lentamente al arco de los Halcones. Se escucha el grito de gooooooool en las tribunas y Rufino lo celebra con su salto clásico. Fuimos a abrazar a nuestro goleador de las prácticas; él ya había anotado muchos goles, y lo demostró en un partido oficial. Así sucede cuando están hechos para brillar. Después de festejar ese gol agónico que nos ponía en ventaja, el entrenador se comunicó en clave con el capitán del equipo. Luego nos indicó que debíamos tener el balón el mayor tiempo posible, en otras palabras, enfriar el partido. Si había la posibilidad de avanzar, hacerlo, pero con mucho cuidado. Mi responsabilidad era apoyar también en la defensa. Así transcurrió el tiempo. Quisieron reaccionar, pero el físico les pasó la factura nuevamente, como en el primer tiempo. Nosotros seguimos demostrando lo aprendido en todos los entrenamientos, que realmente fue un sacrificio levantarnos temprano para realizar este juego que estamos modelando en el terreno de juego.

Faltaba ya poco para acabar el duelo. En un saque de lateral, nuestro flamante entrenador le dice a Willy que tengan más el balón. Él era el pícaro con el balón. Así fue. El equipo contrario ya comenzó a jugar bruscamente. Menos mal que el árbitro siempre estaba cerca de la jugada y cobraba la sanción por el juego violento. Willy también usó la estrategia de demorarse en levantarse para que pase el tiempo. En estos partidos no había tiempo extra; la hora era la hora. Ya habíamos perdido la noción del tiempo de tanto esfuerzo para no perder ningún balón en el juego.

Nuestro equipo también sentía el cansancio por el duro trajín en el campo. La hora es la hora. El árbitro finalmente levantó la mano y tocó el silbato en señal del término del partido. Qué momentos tan sensacionales y majestuosos ocurrían en nuestras mentes. Una algarabía total en el equipo de Club Juventud Unida. Lo celebramos con nuestro entrenador, nuestros padrinos, suplentes y familiares que nos acompañaron en este partido histórico para nosotros. Fue nuestro primer partido oficial y nuestro primer triunfo. Dejamos todo el sudor en el campo solo para obtener este fabuloso triunfo. Todo era una algarabía. Los abrazos y felicitaciones venían de todos lados. Qué felicidad indescriptible.

Guardo como una fecha muy importante en mi vida deportiva el tener los colores granates del famoso equipo profesional Atlético Defensor Lima, los «caras sucias». Qué lindo recuerdo de mi niñez como jugador calichín.[14]

---

14 Novato.

En el ambiente de festejo se pronunciaba el entrenador y ganador, nuestro maestro y vecino, el señor Emiliano:

—Muchachos, estoy feliz, tan igual que ustedes. El triunfo es de ustedes, disfrútenlo. Gracias por darme la oportunidad de ser su entrenador y ganar este partido. Hoy aprendieron cómo se goza luego de una victoria, pero saben bien que es el precio de su sacrificio en todos los entrenamientos. Sigan igual en el resto de sus vidas; todo esfuerzo bueno te lleva a la gloria.

Luego, el señor entrenador Don Emiliano cedió la palabra a nuestro padrino, el señor Luis. Se acomodó y con una sonrisa de felicidad nos dijo:

—Queridos niños, hoy día he disfrutado de un partido hermoso. Valió la pena dejar algunas cosas en casa por un rato para estar presente en su invitación. No me equivoqué al regalarles su camiseta, ¿verdad que se la ganaron con esta importante victoria? Los felicito a todos los integrantes del Club Juventud Unida. En adelante, estaré para cualquier cosa, estoy para apoyarlos, mis niños. ¡Tres hurras por el Club Juventud Unida! Con toda la fortaleza, gritamos la victoria.

Así terminamos este estupendo partido. Nos retiramos a casa y se reunieron las camisetas para ser lavadas por un integrante del equipo según el rol de responsabilidades. Al llegar a casa, mi mamá se puso feliz porque habíamos ganado el partido. A bañarse y a disfrutar de la comida se ha dicho.

El Club Juventud Unida se hizo famoso por ser el único equipo del barrio que contaba con un entrenador. Era un lujo tener entre nosotros a Don Emiliano como tal. Van mis respetos donde se encuentre. Con el tiempo, tuvimos muchos partidos con equipos de la zona, y casi siempre triunfábamos. También salíamos de Villa María del Triunfo; llegamos a jugar por Villa el Salvador y Surquillo. Qué afortunado he sido en mi vida infantil gracias a la ayuda valiosa del señor Emiliano Espichán, un vecino longevo muy querido y respetado por todos los vecinos del Arenal Alto. ¡Gracias, maestro Emiliano, por tus sabias enseñanzas!

Flores entre las sombras

Hay... sueños

Mi amor te encuentras
Adentro de mi corazón
No puedo palparte
Hay un fatuo extraño.

Mis sueños son mis alegrías
allí puedo contemplar tu hermosura,
tu sonrisa y besos… son mi almohada
para este corazón solitario.

El diálogo contigo es el sueño
tu amabilidad y ternura aplacan mis tristezas
al despertar tus mensajes envío
a las seguras alas del águila
para nuestros amados hijitos,
cuyas melodías alegran sus corazones.

Tu sueño es doble, limpio
Entiendo tus inquietudes
¡Ah, mis hijitos!
Ahora mi trabajo es doble
¡amor, amor, amor!
Ten paciencia los cuidaré
Y los guiaré al éxito.

Hoy... sueño eres mi vida
Mi amada está lejos,
En ti puedo visualizarla
Mis hijos están cerca
En ti puedo abrazarlo.
Hay sueños en ti halle
La unidad de mi familia.

Río

El ser humano es río,
Impulsando todo sufrimiento
Abriendo surcos, desgastando raíces
Moldeando con la fortaleza de sus torrentes.

Corremos de prisa cerca de ti
A tu lado la felicidad es infinita
Las flores se visten de hermosura,
Los árboles albergan miles de almas.

El hombre es río
Y lucha por mantener su pureza,
El insensato lo contamina
despertando su furia y bravura incontenible.

El amador de tu magnanimidad dice presente
Posee murallas y mentes cuidándote
Hoy río tus venas laten eternas
Me aferro a ti, sin ti no existo.

Si un momento me abandonaran las fuerzas
yo seré un río
Ya no regresaré al lugar que salí
Mis lágrimas las llevo al inmenso mar.

El camino

Nuestra vida ara el destino
Que difícilmente pasaremos el mismo rumbo,
Caminaremos fuera de ella,
Por miles de veces que pases allí
La diferencia el tiempo vislumbra.

El camino lo cambia cada hombre
Cada uno aplica ímpetu en sus pasos
Alguien irá hablando de alegría
Otros tratarán pausadamente temeroso del mal.
No saldrán del camino para descansar.

Cada humano elige en su albedrío el camino.
La persona sabia, sabe alegrar el corazón
El soberbio será avergonzado.
¿Y tú quién quieres ser?

La música

Si el corazón está abatido
¡escucha!
Vibraciones melódicas de la sinfonía
El ritmo de ella es sanador
Aliviando con ternura el dolor del alma.

La música brilla tu rostro
Su poder es levantar almas caídas,
Las notas musicales anestesian
Cuando las penas duermen en el abismo.

La miel de mi guitarra
Levantan y sincronizan
Los latidos del corazón enfermo
Como el vuelo infinito del sol.

Hogar sin música
El alma no existe
El pensamiento es abrupto
El agua se ha vuelto hielo.
Puede el poeta dejar de escribir
Pero tu melodía es el oxígeno de vida
Hasta la música triste hace bailar,
Los pies del niño y también del anciano.

Para mi amada esposa

Tu belleza puse
entre mis brazos,
te cuidé con ternura
y te alimenté con amor

Aquel corazón triste
Llené con flores de primavera
Que su aroma esparce
Naciendo la sonrisa

Tu pensamiento ilumina
Con el brillo solar veraniego
La luna lo complementa

Hoy te encuentras distante
La nostalgia me abraza intensamente
Mis penas yacen en la profundidad del mar

Mi fortaleza es el fruto de nuestro amor
Los lindos retoños amados,
Resplandeciendo el sello vivo: valentía y coraje
Pesada carga llevo
En nube blanca convirtiéndose,
Mi corazón y pensamiento
Hoy se alimenta de tu amor

Amor lejano

La sequía de tus besos cuarteó mis labios,
Ayudado por el crudo invierno alto
La tristeza ha vuelto a mi corazón abatido
Resistió olvidar tu querer
Lejano quedan las lluvias del ósculo
Soy mendigo de tu amor lejano

El abrazo fuerte del corazón amoroso
El ciclón lo arrojó distante
No acepto tu partida
Mantengo permanente brazos ardientes
Que obsequia mi amor perpetuo

Diluyo las caricias estables, tiernas
Lugar lúgubre del panteón
Espero encontrar en lontananza
Nos necesitamos como aquella
Tierra excelente, la caída del aguacero
El mar recostar en brazos de la tierra

El manantial

¿Qué es el manantial?... aquel
Aflora con suavidad al exterior
Su silencio calma la sed
Más sus caricias de algodón
Cobija al afligido corazón

¿Qué es el manantial?... aquel
Brota en sus gotas pureza inmaculada
Precioso color, precio no tiene
Por voluntad sales
A más distancia serás grande

¿Qué es el manantial?... aquel
Origina sonrisas eternas
Motor de la fuerza del trabajo
Impulsa intensidad de la luz
¡oh manantial eres vida y amor!

¿Qué es el manantial?... aquel
Que pequeña en su nacimiento
Y se agiganta en sus surcos
En alianza de más manantiales
Para equipar al hombre amoroso.

El amigo

El amigo es la rama del árbol
Una lámpara que ilumina ideas
Mis pasos son seguros
Vigor nace en tus dichos
Si tropieza en mi caminar
Velocidad de la luz,
Recibo ayuda

El agua de nuestras aventuras
Forjó el corazón del amigo
El tiempo ha expandido los sentimientos
Ahora se vislumbra un roble añejo
La lealtad sembrada
Ventanas, puertas abiertas están, sin tardanza.
Las palabras del amigo
Es un bálsamo de sanación
Una sonrisa limpia
Regalo con alegría extra
Su abrazo sincero
Alimenta el poder del alma.

Venceremos

El hombre ante la tempestad
Usa sabiduría, corre en busca de refugio
Oh... la calamidad, el conocimiento
Implora a su creador.

El animal ante el peligro
Utiliza instinto para aislar de ella
Ante el hambre, echar a funcionar el olfato
Acompaña la habilidad, satisfecha está.

La flor no corre... ni busca refugio
El lugar de siempre enfrenta la adversidad
Firme intacto se mantiene en su sitio
La furia del vendaval solo lo doblegará
Gala es la fuerza de sus raíces
Su vigor levantará la hermosura de su cabeza
Majestuosidad, suntuosidad germinará en el poeta.

¡Ay, hombre!... aún tiene sabiduría y conocimiento
Sea la roca ante la dificultad... ¡Mira la flor!
Fuerza sorprendente la belleza.
La esperanza está en la inteligencia
Con voluntad mitigas la aflicción cuál ascenso del sol
Hombre, tus vanidades pueden dejar caer el vaso de cristal
¡Venceremos! Aprendiendo del maestro bueno.

¿Quién entiende al amor?

Conduciendo pasos en la inmensidad
Te encontré bajo mi vista alegre
La hermosura esplendorosa infinita
El sueño maravilloso realizado

Ha pasado la primavera entre flores coloridas
Su aroma fluye en el encanto del amor
El corazón late con cadencia amorosa
¿Quién entiende al amor?

El corazón piensa amar por siempre
Viene tiempos difíciles, trasladarse a lugar lejano
Distancia alejan los abrazos tiernos
Nuevamente el amor se trasladó de mis brazos
¿Quién entiende al amor?

Musa de lunahuaná

Fui bronceado entre el sol alto
El resplandor del mar azul firme
Color canela amada por las sirenas
Delirio de ellas..., corazones que vibran.

Y tú, musa de Lunahuaná
Bronceada del sol enamorado
Fruto del pisco móscatela alborozo
Del vino tinto inquietante alegre
Moldearon tu piel canela brillante.

Mi corazón brilla de emoción
Control frágil..., sostener evade
Ante tu piel canela maravillosa
¿Será que estoy enamorado de ti?
He esperado calmo tu presencia fugaz.

El tiempo nos abrazó repentino
Yo forjado en la inmensidad del mar
Tu bella mujer del sol abrazador de Lunahuaná

Mujer sincera

Bamboleando ando, olas del mar
Desde que pronunciaste «no» mi corazón
Dolor troncó mi alegría
Corazón desfallece
Por ti mujer sincera.

Soy un vate impulsado en tu belleza
Raíz de tu hermosura fina
Reviviendo nostalgias acibarado
sombra tenue, soledad acompaña.

El amor susurra silencioso corazón
Soñar dulcemente, tiempo diminuto
Seduce dolor verte cerca
Destino agasajar momento feliz
Dos caminos distintos fin feliz.

Consuelo

Amanecer con el corazón alborotado cúspide de alegría
Mis sueños contemplen tu hermosura
Tiempos lejanos recordé
Cariños esparcí abundancia en tu esbelta figura

Vislumbrar contactó tu cuerpo con ternura
Te acaricié miedo infantil
Tu sonrisa inigualable me animó abrazarte
No entiendo este corazón aún te tiene en su altar

Consuelo..., sol de amanecer, calienta el cuerpo
Oscuridad de noche, mi luna llena
Fragancia de orquídea sin fin
Nostalgia evaporan velocidad del sonido

Lecturas recomendadas

De la conciencia individual a la colectiva (Carlos Carmona)

Conócete a ti mismo. Reflexiones para vivir mejor (María Rosa Ibarra)

www.ingramcontent.com/pod-product-compliance
Lightning Source LLC
LaVergne TN
LVHW091113150826
845673LV00002B/802

* 9 7 8 6 1 2 5 1 4 2 9 5 5 *